Esta é uma publicação Principis, selo exclusivo da Ciranda Cultural
© 2020 Ciranda Cultural Editora e Distribuidora Ltda.

Título original
Hans C. Andersen's Fairy Tales

Texto
Hans Christian Andersen

Tradução
Karla Lima

Revisão
Casa de Ideias

Produção editorial e projeto gráfico
Ciranda Cultural

Imagens
Gluiki/Shutterstock.com;
johavel/Shutterstock.com;
Voropaev Vasiliy/Shutterstock.com;
Creative Thoughts/Shutterstock.com;
standa_art/Shutterstock.com;

Dados Internacionais de Catalogação na Publicação (CIP) de acordo com ISBD

A544c   Andersen, Hans Christian

Contos de Fadas de Andersen Vol. I / Hans Christian Andersen ;
traduzido por Karla Lima. - Jandira, SP : Principis, 2020.
192 p. ; 16cm x 23cm. – (Literatura Clássica Mundial)

Tradução de: Hans Christian Andersen's Fairy Tales
Inclui índice.
ISBN: 978-65-555-2019-4

1. Literatura infantil. 2. Contos de fadas. 3. Hans Christian Andersen.
I. Lima, Karla. II. Título. III. Série.

2020-914

CDD 028.5
CDU 82-93

Elaborado por Vagner Rodolfo da Silva - CRB-8/9410

Índice para catálogo sistemático:
1.   Literatura infantil 028.5
2.   Literatura infantil 82-93

1ª edição em 2020
www.cirandacultural.com.br
Todos os direitos reservados.
Nenhuma parte desta publicação pode ser reproduzida, arquivada em sistema de
busca ou transmitida por qualquer meio, seja ele eletrônico, fotocópia, gravação ou
outros, sem prévia autorização do detentor dos direitos, e não pode circular encader-
nada ou encapada de maneira distinta daquela em que foi publicada, ou sem que as
mesmas condições sejam impostas aos compradores subsequentes.

SUMÁRIO

1. A AGULHA DE COSTURA...7
2. A ARCA VOADORA..11
3. A BORBOLETA..17
4. A CANETA E O TINTEIRO..20
5. A CASA VELHA...23
6. A FAMÍLIA FELIZ..32
7. A FLOR DA ERVILHA...36
8. A GAROTINHA DOS FÓSFOROS..................................40
9. A GOTA DE ÁGUA..43
10. A MACIEIRA ARROGANTE.......................................45
11. A MÃE DO SABUGUEIRO...49
12. A MARGARIDA..58
13. A PASTORA E O ESCOVÃO DE CHAMINÉS..................63
14. A PATA PORTUGUESA..69
15. A PEQUENA SEREIA...76
16. A POLEGARZINHA...100
17. A PRINCESA DE VERDADE.....................................112
18. A RAINHA DA NEVE...114
19. AS CEGONHAS..145
20. AS FLORES DA PEQUENA IDA................................151
21. AS ROSAS E OS PARDAIS......................................159
22. AS ROUPAS NOVAS DO IMPERADOR.......................170
23. CADA COISA EM SEU DEVIDO LUGAR.....................176
24. HISTÓRIAS DO SOL..185
25. O DUENDE E O COMERCIANTE...............................189

A AGULHA DE COSTURA

Era uma vez uma Agulha de Costura que se achava tão importante e fina que chegou à conclusão de que deveria ser usada para bordar.

– Prestem atenção e me segurem bem firme – ela disse aos Dedos que a seguravam. – Por favor, não me percam. Se eu cair no chão, com certeza vou me perder, pois sou muito fina.

– Você está sendo convencida – responderam os Dedos, enquanto a apertavam com força no centro.

– Até tenho uma cauda, não estão vendo? – a Agulha de Costura falou, arrastando uma longa linha atrás de si; porém era uma linha sem nó na ponta.

Os Dedos pressionaram a ponta da Agulha em um chinelo do qual a aba de couro tinha se soltado e precisava ser costurada de volta. O chinelo pertencia a uma cozinheira.

– Isto é uma tarefa muito grosseira! – a Agulha protestou. – Nunca vou sair viva deste trabalho! Aí está, estou me partindo! Estou quebrando! – e, de fato, ela quebrou. – Eu não falei? – disse a Agulha. – Sou delicada demais para um serviço assim.

– Agora ela ficou inutilizada – os Dedos disseram, enquanto seguravam os dois pedaços.

Mas a cozinheira veio, derramou um pouco de cera derretida em cima da agulha e assim a colou de novo; depois, espetou a agulha recuperada no lenço que trazia amarrado no pescoço.

– Vejam, agora eu sou um broche! – a Agulha de Costura exclamou. – Eu sabia que chegaria a uma posição de destaque. Quando se é importante, sempre se chega mais longe. O sucesso tarda, mas não falha.

Ao dizer isso, ela riu; mas só por dentro, claro, pois ninguém consegue ver quando uma Agulha de Costura dá risada. Então agora lá estava ela, muito à vontade, orgulhosa como se estivesse em uma carruagem real, observando tudo ao redor.

– Posso tomar a liberdade de perguntar se você é feito de ouro? – ela perguntou ao alfinete, seu vizinho. – Sua aparência é esplêndida, e que cabeça admirável, apesar de pequena. Você deveria fazer o possível para crescer; claro que nem todo mundo pode ter cera derramada sobre si.

A Agulha de Costura se empertigou tanto em seu orgulho que acabou caindo do lenço; foi parar dentro da pia, que a cozinheira estava usando bem nesse momento.

– Agora vou viajar – a Agulha falou. – Só espero não me perder.

Mas perder-se foi exatamente o que aconteceu a ela.

– Sou delicada demais para este mundo – suspirou, ao se encontrar na sarjeta. – Mas eu sei quem sou, e nisso sempre há algum prazer.

Foi assim que a Agulha de Costura manteve sua postura orgulhosa e não perdeu nada do bom humor. Todo tipo de coisa passou por ela: lascas, pedaços de palha, restos de jornais velhos.

– Vejam só como passam boiando – a Agulha disse para si mesma. – Mal sabem eles acima de quem estão passando, apesar de ser acima de mim. E aqui ficarei, bem firme. Lá vai uma lasca! Ela não pensa em nada neste mundo, a não ser em lasca; não pensa em nada além de si mesma! E agora vem uma palha; observem como rodopia. Pense em algo além de si mesma, palha, ou vai acabar batendo em uma pedra. E agora é um pedaço de jornal que vem vindo. O que está escrito nele já foi esquecido há muito tempo, mas mesmo assim ele se abre e se espalha e se dá ares de grande importância. Eu, porém, continuo sentadinha aqui, quieta e paciente. Sei o que sou e o que continuarei a ser; sempre.

Um dia, passou por ela algo que resplandecia lindamente. Ela pensou que fosse um diamante, mas na verdade era apenas um caco de vidro de uma garrafa. Só porque brilhava muito, a Agulha de Costura se dignou a conversar, apresentando-se como broche.

– Você é um diamante, eu suponho – ela falou.

– Bem, sim, algo do tipo.

Assim, cada um achava que o outro era algum tipo de artefato raro e caro; eles começaram a conversar sobre o mundo, criticando como todos eram convencidos.

– Sabe – contou a Agulha –, eu morava na caixa de costura de uma jovem dama que, por acaso, era cozinheira. Ela tinha cinco dedos em cada uma das mãos, e coisa mais orgulhosa e arrogante do que aqueles cinco dedos, eu nunca vi. Apesar disso, eles só estavam lá para me retirar e colocar na caixa.

– E esses dedos eram de linhagem nobre? – perguntou o Caco de Vidro. – Eles brilhavam?

– Nem um pouco, mas mesmo assim eram prepotentes – respondeu a Agulha de Costura. – Eram cinco irmãos de cada lado, todos da família Dedos. Eles se enfileiravam muito orgulhosos lado a lado, apesar de terem alturas muito diferentes. O mais afastado, chamado Polegar, era baixo e gordo; em geral não se alinhava com os outros, ficava um pouco à frente; tinha uma única articulação e só conseguia se dobrar uma vez, mas dizia que, se fosse cortado de um homem, este homem seria dispensado do serviço militar. Indicador, o segundo, colocava-se à frente em todas as ocasiões, metia-se no doce e no salgado, apontava para o Sol e a Lua, e, quando os dedos escreviam, era ele que apertava a caneta. Médio, o terceiro irmão, conseguia enxergar por cima da cabeça dos outros e se achava todo importante por causa disso. Anelar, o quarto, andava por aí com um círculo de ouro na cintura. O dedo Mínimo, que eles chamavam de Mindinho, não fazia nada da vida, e acho que se orgulhava disso. Não tinha nada para fazer, a não ser ficar ouvindo os elogios que faziam a si próprios, e foi por isso que me retirei.

– E agora nós dois estamos aqui, juntos e brilhando – disse o Caco de Vidro.

Bem nessa hora, um pouco de água correu pela sarjeta e levou embora o Caco de Vidro.

– Então ele partiu – disse a Agulha de Costura –, enquanto eu permaneci. Fui deixada para trás por ser muito esguia e gentil. Mas este é meu orgulho, e orgulho é uma coisa nobre.

E orgulhosamente ela continuou sentada, refletindo.

– Eu quase chego a acreditar que nasci de um raio de sol, de tão delicada que sou. É como se os raios de sol estivessem sempre me procurando aqui debaixo d'água. Ah, pobre de mim, sou tão fina que nem mesmo minha mãe conseguiria me achar. Se eu ainda tivesse meu antigo olho, que se partiu, acho que iria até chorar; não, não iria não. Chorar não é elegante.

Certo dia, dois meninos estavam vasculhando a sarjeta em busca de pregos, moedas e coisas assim. Era nojento, mas eles pareciam estar se divertindo muito.

– Ai! – um deles gritou, ao se espetar com a Agulha de Costura.

– Aqui tem um troço pra você.

– Eu não sou um troço, sou uma jovem senhorita! – reclamou a Agulha de Costura, mas ninguém escutou.

A cera usada no conserto tinha se desgastado e a Agulha havia ficado preta. "Mas preto faz a gente parecer mais magra e sempre cai bem", ela pensou, julgando-se mais elegante do que nunca.

– Lá vem uma casca de ovo descendo a corredeira – os meninos falaram, e jogaram a Agulha de Costura dentro.

A Agulha então falou:

– Uma dama de preto cercada de paredes brancas! Isso é fabuloso! Agora todos vão reparar em mim. Só espero não ficar mareada, pois perderia toda a classe.

Mas o receio era infundado; ela não se sentiu enjoada nem perdeu a pose.

– Nada é tão bom para evitar o enjoo quanto ter um estômago de aço e manter em mente que se é um pouquinho superior às pessoas comuns. Minha náusea passou totalmente. Quanto mais gentil e honrada uma pessoa é, mais ela consegue suportar.

Então veio uma carroça, passou por cima e a casca de ovo ficou espatifada e esmigalhada. Foi um milagre que a Agulha não tenha se partido.

– Misericórdia, que peso esmagador! – ela disse. – Acho que vou ficar enjoada, afinal. Acho que vou quebrar!

Mas ela não enjoou e não quebrou, apesar de as rodas da carroça terem passado por cima dela. A Agulha de Costura ficou achatada no chão, e vamos deixá-la ali mesmo.

A ARCA VOADORA

Era uma vez um comerciante que era tão rico que poderia pavimentar uma rua inteira com ouro, e mesmo assim sobraria o suficiente para mais uma alameda curta. No entanto, ele não fez isso, pois conhecia o valor do dinheiro e não o desperdiçaria dessa forma. Ele era tão inteligente que de cada centavo fazia uma cédula, e assim foi enquanto viveu.

O filho herdou sua fortuna e tratou de aproveitar. Ia a festas todas as noites, construía pipas com notas de cinco e, em vez de jogar pedrinhas no mar, atirava moedas de ouro. Era um esbanjador.

Assim, logo perdeu todo o dinheiro, até não lhe restar nada, a não ser um par de chinelos, um camisolão de dormir e quatro centavos. Os antigos amigos o abandonaram, não queriam mais ser vistos andando na rua em sua companhia; porém um deles, que tinha bom coração, certo dia lhe mandou uma velha arca de presente, com o seguinte bilhete: "Faça as malas!".

– É um bom conselho dizer "faça as malas" – ele falou.

Mas não lhe restava nada para colocar na arca e, assim, ele mesmo se sentou lá dentro. A arca era muito especial, pois bastava alguém pressionar o fecho e ela levantava voo. Ele fechou a tampa, apertou a fechadura e a arca saiu voando pela chaminé, carregando o homem até as nuvens. Cada vez que o fundo da arca rangia, ele ficava com muito medo, pois, se as tábuas se soltassem, ele daria cambalhotas enormes até chegar às árvores. Mas nada disso aconteceu, e ele chegou em segurança à Turquia. Ele escondeu a arca em um bosque, debaixo de umas folhas secas, e partiu para a cidade. Depois, se misturou perfeitamente à população, pois entre os turcos é normal as pessoas passearem por aí usando camisolões e chinelos, exatamente como ele estava.

Cruzando por acaso com uma babá e uma criancinha, ele perguntou:

– Diga-me, cara babá turca, que castelo é aquele perto da cidade, com janelas tão distantes do chão?

– Lá vive a filha do sultão – a moça respondeu. – Segundo a profecia, ela vai sofrer muito por causa de um amor, e por isso ninguém tem permissão para visitá-la a menos que o rei e a rainha estejam presentes.

– Obrigado.

Em seguida, o filho do comerciante voltou ao bosque, entrou na arca, voou até o telhado do castelo e entrou, pela janela, no quarto onde a princesa estava dormindo. Ela acordou e ficou muito assustada, mas o rapaz lhe disse que era um anjo turco que tinha descido do céu para visitá-la. Isso agradou bastante a princesa. Ele sentou ao lado dela e começou a conversar; disse que seus olhos eram como dois lindos lagos escuros, nos quais os pensamentos nadavam como pequenas sereias, e que sua testa era uma montanha nevada que continha admiráveis salões repletos de quadros. Contou a ela a lenda da cegonha, que traz os bebês do rio e entrega aos pais. A princesa ficou encantada com a história e quando ele perguntou se ela se casaria com ele, a moça concordou imediatamente.

– Mas você precisa voltar no sábado, quando meus pais vêm tomar chá comigo – ela disse. – Eles vão ficar muito orgulhosos quando souberem que vou me casar com um anjo turco. Mas você precisa pensar no que vai contar, pois eles gostam de ouvir histórias mais do que qualquer outra coisa. Minha mãe prefere as que têm profundidade e uma moral no fim, mas meu pai gosta mais das engraçadas, das que o fazem rir.

– Muito bem, eu voltarei trazendo como presente apenas histórias – respondeu ele.

E assim se despediram, mas, antes, a princesa deu ao rapaz uma espada cravejada de moedas de ouro, e elas poderiam ser muito úteis para ele.

O filho do comerciante voou até a cidade, comprou um camisolão novo e depois foi para o bosque, onde escreveu a história que seria lida no sábado seguinte. Não foi nada fácil, mas ficou pronta quando foi visitar a princesa no dia marcado. O rei, a rainha e toda a corte estavam no chá com a princesa, e ele foi recebido com grande cortesia.

– Conte-nos uma história – a rainha pediu. – Uma que seja instrutiva e cheia de ensinamentos.

– Sim – acrescentou o rei –, mas que também seja um pouco cômica.

– Certamente – ele respondeu.

Logo começou, pedindo que todos ouvissem com atenção:

– Era uma vez um pacote de palitos de fósforo que tinha muito orgulho de sua origem nobre. A árvore genealógica deles, isto é, o grande pinheiro de onde tinham sido cortados, havia sido, em sua época, uma árvore importante no bosque. Os palitos de fósforo estavam agora entre uma pederneira e uma velha panela de ferro, e conversavam sobre a juventude de cada um. Os fósforos começaram: "Ah, naqueles dias, nós crescíamos em galhos verdinhos, e toda manhã e toda tarde matávamos a sede com gotas de orvalho. Sempre que o Sol brilhava, sentíamos o calor de seus raios, e passarinhos nos contavam histórias cantando. Nós sabíamos que éramos ricos, pois as outras árvores só vestiam roupas verdes no verão, enquanto nossa família podia se exibir em lindos trajes verdejantes tanto no verão quanto no inverno. Mas um dia veio o lenhador e foi uma tragédia: nossa família tombou sob o machado. O chefe da casa conseguiu um posto de mastro principal em um barco muito elegante e navega pelo mundo. Outros galhos da família foram levados para diferentes locais, e nosso ofício, agora, é fazer fogo para pessoas comuns. É assim que pessoas nascidas em berço de ouro acabam seus dias em uma cozinha".

E o anjo turco continuou:

– A próxima a falar foi a panela de ferro que estava ao lado dos fósforos. "Meu destino foi muito diferente", ela disse. "Desde minha chegada ao mundo, venho sendo usada para cozinhar e ser limpa depois. Sempre pensam primeiro em mim quando precisam de uma coisa sólida ou útil. Meu prazer é ser esfregada e areada após o jantar, e depois ficar no meu canto conversando sensatamente com meus vizinhos. Todos nós, exceto o balde de água, que às vezes é levado ao pátio, vivemos juntos aqui entre as quatro paredes desta cozinha. Recebemos notícias por meio da sacola de compras, que vai ao mercado, mas ela às vezes nos conta coisas muito ruins sobre o povo e o governo. Sim, tanto que outro dia um pote velho ficou tão alarmado que caiu e se quebrou." Mas a pederneira a repreendeu: "Você fala demais", e começou a raspar a pedra no metal até que faíscas começaram a voar. "Afinal, queremos uma noite agradável, não queremos?" "Sim, claro", responderam os fósforos, "vamos falar sobre os que nasceram em berço esplêndido". Mas a panela discordou: "Não, eu não gosto de sempre conversar sobre o que somos. Vamos pensar em outra diversão. Eu começo. Cada um vai contar algo que aconteceu; isso vai ser fácil e interessante também. No Mar Báltico, perto da costa da Dinamarca...".

E o filho do comerciante prosseguiu:

– Os pratos se aliaram à panela e comentaram: "Oh, que belo começo! Vamos gostar desta história, com certeza". A panela de ferro então começou: "Sim. Bem, na minha juventude, eu morava com uma família muito tranquila, em uma casa onde, a cada quinze dias, os móveis eram lustrados, o chão era esfregado e as cortinas eram lavadas". A vassoura comentou: "Que modo interessante você tem de contar uma história! Bem se vê que circulou nas altas rodas da sociedade, pois o que você diz transmite muita pureza". "Sim, é verdade", acrescentou o balde de água, e soltou uns borrifos que molharam o chão. E assim a panela continuou a história, e o fim foi tão bom quanto o começo. "Os pratos tremelicaram de prazer; a vassoura recolheu um pouco da salsinha varrida e com ela coroou a panela, sabendo que isso ia irritar os outros e refletindo: 'Se eu a coroar hoje, amanhã será ela a me coroar.'" Em seguida, falaram as pinças de remexer as brasas: "Vamos dançar", e começaram a esticar uma das pernas para o alto, de um jeito que até a poltrona no canto explodiu em uma gargalhada. "Vamos ganhar uma coroa também?", perguntaram as pinças, e a vassoura foi buscar mais salsinha para fazer uma coroa. "No fim, são só gente bem comum", pensaram os fósforos.

O rei, a rainha, a princesa e todos os nobres da corte continuavam prestando atenção à história.

– Pediram que a chaleira cantasse, mas ela disse que estava resfriada e não conseguiria cantar a menos que houvesse algo fervendo dentro dela. Todos pensaram que aquilo era uma grande afetação, assim como julgavam uma afetação que ela nunca quisesse cantar, a não ser na sala de visitas, quando estava na mesa diante de gente fina. Perto da janela ficava uma velha caneta com bico de pena com a qual a menina escrevia. Não havia nada de especial na caneta, a não ser o fato de ter sido mergulhada muito fundo na tinta, mas ela tinha orgulho disso. "Se a chaleira não quer cantar, não precisa", disse a caneta. "Tem um rouxinol em uma gaiola aqui do lado de fora, e ele canta. Não é um canto maravilhoso, mas por esta noite é suficiente." Porém o bule, que era o cantor da cozinha e meio-irmão da chaleira, discordou: "Acho altamente impróprio que um pássaro estrangeiro seja ouvido aqui. Não me parece patriótico, o que acham? Vamos deixar que a sacola de compras decida o que é certo". E a sacola falou: "Estou irritada, muito irritada por dentro, mais do que qualquer um pode imaginar. Estamos passando a noite do melhor jeito? Não seria mais sensato arrumar a casa? Se cada um fosse para seu devido lugar, eu proporia um jogo, e aí sim, como seria diferente!". "Vamos encenar uma peça!", disseram todos, e bem nessa hora a porta se abriu e a menina da casa entrou. Ninguém mais se mexeu, ficaram todos calados e imóveis, apesar de não haver entre eles um único pote que não tivesse uma opinião boa de si mesmo e do que conseguiria fazer, se quisesse. Estavam todos pensando: "Sim, se tivéssemos decidido bem, poderíamos ter passado uma noite muito agradável".

A história estava se aproximando do fim.

– A menina riscou os fósforos; com que clarão eles acenderam e com que força pegaram fogo! Então eles pensaram: "Muito bem, agora todos vão ver que somos os maiorais, como brilhamos e iluminamos", porém, enquanto pensavam nisso, a chama se apagou.

– Que história ótima! – exclamou a rainha. – Sinto-me como se estivesse na cozinha e pudesse enxergar os fósforos. Sim, você deve se casar com a nossa filha.

– Certamente tu receberás a mão da princesa – completou o rei usando "tu" porque em breve o rapaz seria da família.

O dia da cerimônia foi marcado, e, na noite anterior, a cidade toda foi iluminada. Bolos e outras guloseimas foram distribuídos para os súditos. Pelas ruas, meninos andavam nas pontas dos pés gritando "Urra!" e assoviando por entre os dedos. Resumindo, preparativos esplêndidos.

– Vou distribuir mais uns agrados – decidiu o filho do comerciante.

Então ele comprou rojões e biribas e todos os tipos de fogos de artifício que se pode imaginar, enfiou tudo na arca voadora e subiu com ela até o céu. Os estouros e zumbidos que fizeram! Os turcos, diante daquela cena, deram pulos tão altos que os chinelos saíram voando na altura das orelhas. Depois disso, ficou fácil acreditarem que a princesa iria se casar com um anjo turco de verdade.

Logo que desceu dos céus de volta para o bosque, após a queima de fogos, ele pensou: "Agora vou de novo para a cidade ouvir o que acharam da diversão". Era muito natural que ele quisesse saber. E que coisas estranhas as pessoas diziam! Todo mundo a quem ele perguntou ofereceu uma história diferente, apesar de todos acharem que o espetáculo havia sido belíssimo.

– Eu vi o anjo turco – disse um. – Os olhos dele cintilavam como estrelas e a cabeça era como espuma de água.

– Ele voava em um manto de fogo – disse outro –, e querubins adoráveis saíam das dobras.

Ele ouviu muitos outros relatos sobre si mesmo e sobre o casamento ser no dia seguinte. Depois disso, voltou à floresta para descansar na arca. Mas ela havia desaparecido! Uma faísca dos fogos de artifício que haviam ficado dentro dela tinha botado fogo na arca, que ficou queimada até restarem apenas as cinzas, de forma que o filho do comerciante não tinha mais como voar nem como ir ao encontro da noiva! Ela ficou o dia seguinte inteiro no telhado, esperando por ele, e provavelmente está lá até agora, enquanto ele vaga pelo bosque contando contos de fadas, mas certamente nenhum tão divertido quanto o que ele escreveu sobre os fósforos.

A BORBOLETA

Era uma vez uma borboleta macho que estava em busca de uma noiva. Como vocês podem imaginar, ele queria a mais bonita das flores. Com olhos clínicos, ele analisou todos os canteiros e viu que as flores estavam sentadas bem quietas e comportadas em seus caules, como as mocinhas devem se sentar. Mas eram muitas, e ele percebeu que chegar a uma decisão seria uma tarefa muito demorada. A borboleta macho não gostava de coisas trabalhosas, então partiu dali para visitar as margaridas.

Os franceses chamam a margarida de Marguerite e dizem que ela é capaz de fazer adivinhações. Os enamorados puxam as pétalas e, a cada puxada, fazem uma pergunta: "Ela ou ele me ama? Muito? Só um pouco? Profundamente? Nem um tiquinho?" e assim por diante. Cada um faz as perguntas no próprio idioma.

A borboleta macho também foi até a Marguerite para fazer uma pergunta, mas não arrancou nenhuma pétala; em lugar disso, deu um beijo em cada uma, pois acreditava que se consegue muito mais com gentileza.

– Querida senhorita Marguerite, você é a mulher mais sábia de todas. Por favor, diga qual das flores devo escolher como esposa. Qual deve ser minha noiva? Quando eu souber, voarei direto até ela e farei o pedido.

Mas a Marguerite não respondeu. Ela havia se ofendido por ele chamá-la de mulher quando ela era só uma menina, e a diferença é grande. Ele perguntou pela segunda vez e depois uma terceira, mas ela permaneceu muda, sem oferecer nenhuma resposta. Então ele decidiu que não iria esperar mais, e saiu voando para começar de uma vez a fazer seus cortejos. Era o começo da primavera, quando as flores de açafrão e de galanto estavam no auge da florescência.

"São encantadoras", a borboleta pensou, "mas um pouco rígidas e formais demais".

Então, como rapazes jovens costumam fazer, ele foi procurar meninas mais velhas. Voou para as anêmonas, mas as achou muito amargas para seu gosto. A violeta era exageradamente sentimental; as flores de lima eram muito pequenas e, além disso, a família delas era imensa. A flor da macieira, embora parecesse uma rosa, podia desabrochar em um dia e cair no outro, com o primeiro vento que soprasse, e a borboleta achou que um casamento assim poderia durar muito pouco. A flor da pera era a que mais o agradava; era branca e vermelha, delicada e esguia, e pertencia àquele grupo de senhoritas que, além de serem bonitas, podem ser aproveitadas na cozinha. Estava prestes a fazer a proposta quando, perto dela, ele viu uma vagem com uma flor murcha dependurada.

– Quem é ela?

– É a minha irmã – a flor de pera respondeu.

– Ah, sério? Então, um dia você vai ficar como ela – a borboleta macho exclamou e fugiu voando, chocado.

Uma madressilva totalmente desabrochada pendia de uma cerca viva. Ah, mas havia tantas garotas como aquela, com rostos compridos e pálidos! Não, ele não gostava dela. Mas de qual ele gostava?

A primavera passou e o verão se aproximava do fim. Veio o outono, e a borboleta ainda não tinha feito sua escolha. As flores se exibiam agora em seus mais lindos trajes, mas era tudo em vão; elas não mais possuíam o ar fresco e perfumado da juventude. O coração pede perfume mesmo quando já não é jovem, e há bem pouco perfume a ser encontrado nas dálias e nos crisântemos secos. Assim, a borboleta se voltou para o canto onde estava plantada a menta. Esta planta, como vocês sabem, não tem flores, mas é toda doçura: exala fragrância da cabeça aos pés, com perfume floral em cada folhinha.

– Vou ficar com ela – a borboleta disse, e logo fez o pedido.

Mas a menta permaneceu muda e rígida enquanto o escutava, até que por fim respondeu:

– Posso lhe oferecer amizade se você quiser, nada mais que isso. Eu sou velha e você é velho, mas podemos nos dedicar um ao outro mesmo assim. Quanto a casar, contudo, não! Seria ridículo na nossa idade.

E foi assim que a borboleta macho acabou sem esposa nenhuma. Passou tempo demais escolhendo, o que é sempre uma má ideia, e se tornou o que chamamos de solteirão.

O outono chegava ao fim, e o tempo estava nublado e chuvoso. O vento soprava nas costas encurvadas dos salgueiros, curvando-os ainda mais. Não era o clima ideal para se voar por aí em roupas de verão, mas a borboleta não estava ao ar livre: por uma feliz coincidência, ele tinha conseguido um abrigo. Era uma sala aquecida por um forno, quentinha como um dia de verão. Ele poderia viver ali muito bem.

– Mas simplesmente existir não basta – ele concluiu. – Preciso de liberdade, dos raios de sol e de uma florzinha como companheira.

Ele então saiu voando, mas se chocou contra o vidro da janela, onde foi notado pelas pessoas que estavam na sala; elas o capturaram e guardaram em uma caixa de curiosidades. Não poderiam ter feito nada melhor por ele.

– Agora estou espetado como uma flor – ele disse. – Certamente não é muito agradável. Estou amarrado aqui, imagino que seja parecido com ser casado.

E com esse pensamento ele se consolou um pouco.

– Parece um consolo bem fraco – disse uma das plantas da sala, que vivia em um vaso.

"Ah", pensou a borboleta, "não se pode confiar muito nessas plantas que vivem em vaso, elas tiveram contato demais com os seres humanos".

A CANETA E O TINTEIRO

Na sala de um poeta, onde havia um tinteiro em cima da mesa, certa vez foi feita a seguinte observação: "É maravilhoso o que pode sair de um tinteiro. O que vem a seguir? É realmente uma maravilha".

– Sim, de fato – respondeu o tinteiro para a caneta e os demais objetos sobre a mesa. – Isso é o que eu sempre digo. A quantidade de coisas que saem de mim é maravilhosa e extraordinária. Chega a ser inacreditável, e eu realmente nunca sei o que vai vir quando aquele homem mergulha a caneta em mim. Uma gota tirada do meu interior é suficiente para meia página de papel; e quanta coisa cabe em meia página!

E o tinteiro continuou:

– Todos os trabalhos do poeta são produzidos a partir de mim. Todos aqueles personagens imaginários que as pessoas sentem que conhecem ou acham que já encontraram alguma vez, e todos os sentimentos profundos, o humor e os retratos vivos da natureza. Eu mesmo não entendo como isso acontece, pois não sei nada de natureza, mas ela certamente está em mim. De mim saíram para o mundo todas aquelas descrições esplêndidas de senhoritas charmosas, de bravos cavaleiros em montarias equilibradas apenas nas patas traseiras, de mancos e cegos e de sei lá mais o quê, pois garanto que nunca penso nessas coisas.

– Nisso você tem razão – disse a caneta. – Você não pensa em nada, mesmo. Porque, se pensasse, saberia que apenas oferece os meios, ou seja, você fornece a tinta para que eu possa colocar no papel aquilo que há em mim e que eu desejo trazer à luz. É a caneta que escreve. Nenhum homem duvida disso, e a maioria das pessoas entende de poesia tanto quanto um velho tinteiro.

– Você tem bem pouca experiência – o tinteiro respondeu. – Mal está em serviço há uma semana e já ficou meio gasta. Você se acha uma poetisa? Você é apenas uma serva, e antes que você chegasse eu tive muitas outras, algumas com pena de ganso, outras de fabricação inglesa. Conheço as canetas com bico de pena tão bem quanto as com ponta de aço, já tive ambas a meu serviço, e terei muitas mais, enquanto *ele* continuar vindo. Ele, o homem que executa a parte mecânica, que põe no papel o que extrai de mim. Gostaria de saber qual é a próxima coisa que ele vai tirar do meu interior.

– Humpf, seu potinho de tinta! – retorquiu a caneta, com desdém.

Mais tarde naquela noite, o poeta voltou para casa após assistir a um concerto; ele estava encantado com o desempenho admirável de um famoso violinista.

O músico havia produzido com seu instrumento uma riqueza de tons que às vezes soavam como pequenas gotas de água caindo e às vezes como pérolas rolando, de vez em quando como um coro de passarinhos e então de novo como o vento soprando os galhos do pinheiro. O poeta sentia como se o próprio coração chorasse, mas de alegria, como a voz melodiosa de uma mulher. Esses sons maravilhosos não pareciam sair das cordas, mas de cada parte do próprio instrumento. Tinha sido uma execução divina de uma obra muito difícil e, no entanto, o arco parecia deslizar pelas cordas com uma facilidade que ninguém imaginaria que alguém pudesse conseguir. O violino e o arco pareciam independentes do mestre que os manipulava. Era como se alma e espírito tivessem sido soprados para dentro do instrumento. A plateia se esqueceu do músico em meio aos belos sons que ele produzia.

Mas o poeta não se esqueceu; ele se recordou do músico e anotou alguns pensamentos a respeito.

"Como seria tolo se o violino e o arco se vangloriassem da execução, e, no entanto, nós, homens, com frequência cometemos esse erro.

O poeta, o artista, o cientista em seu laboratório, o general: todos nós cometemos a falha da vaidade, apesar de sermos apenas os instrumentos que o Poderoso utiliza. Apenas a Ele é devida toda a glória. Nós não temos nada em nós de que deveríamos nos orgulhar."

Sim, isso foi o que o poeta anotou. Ele usou a forma da parábola e deu a ela o nome de "O mestre e os instrumentos".

– Bem feito, madame tinta – disse a caneta para o tinteiro, quando os dois ficaram sozinhos de novo. – Você ouviu quando ele leu em voz alta o que eu havia escrito?

– Sim, ele leu o que eu forneci para que você escrevesse – retorquiu o tinteiro. – Cortei suas asinhas por causa da sua arrogância. E pensar que você nem notou que estava sendo caçoada! Eu lhe dei um corte. E devo conhecer as sátiras que saem de mim, não?

– Humpf, seu vidrinho de tinta! – a caneta exclamou.

– Seu pauzinho de escrever! – o tinteiro replicou.

Assim, ambos ficaram satisfeitos por terem dado uma boa resposta. É muito agradável acreditar que decidimos uma questão dando a última palavra, é algo que nos faz dormir bem. E naquela noite os dois dormiram bem.

Só o poeta não dormiu. Seus pensamentos se agitavam dentro dele como os sons do violino, caíam como pérolas e farfalhavam como o vento forte no meio da floresta. Nesses pensamentos, o poeta compreendia o próprio coração; eram como raios que partiam da mente do Grande Mestre de todas as mentes.

"Apenas a Ele é devida toda a glória."

A CASA VELHA

Era uma vez uma casa muito velha, que ficava em uma rua que tinha várias outras casas mais recentes e mais limpas. Era possível saber quando ela havia sido construída porque alguém tinha entalhado a data em uma viga e depois desenhado em volta dessa informação figuras de tulipas e lúpulo entrelaçadas. Por essa data, era possível calcular que a velha casa tinha quase 300 anos. Versos completos também tinham sido escritos por cima das janelas, com letras antigas e já fora de moda, enquanto rostos bizarros, esculpidos de um jeito estranho abaixo dos frisos da fachada, sorriam para quem passava. Um andar se projetava por cima do outro, e sob o telhado corria uma calha de chumbo com uma cabeça de dragão na ponta. A intenção era que a chuva saísse pela boca do dragão, mas ela saía pelo corpo, pois a calha tinha um buraco.

Todas as outras casas da rua eram novas e bem construídas, com janelas grandes e paredes lisas. Qualquer um via que elas não tinham nada a ver com a casa velha. Talvez as casas pensassem: "Quanto tempo será que essa porcaria vai ficar aqui, envergonhando a rua toda? O parapeito dela se projeta tanto para a frente que, de nossas janelas, ninguém consegue enxergar nada do que acontece naquela direção. A escada é larga como a de um castelo e íngreme como se levasse a uma torre de igreja. O corrimão de ferro parece o portão do cemitério, e ainda tem saliências de metal em cima. É realmente ridículo".

Em frente à casa velha havia outras casas elegantes, e elas tinham a mesma opinião das vizinhas.

Na janela de uma delas estava sentado um menininho, de bochechas rosadas e olhos brilhantes, que era um grande admirador da casa velha, tanto sob os raios de sol quanto à luz do luar. Ele ficava observando a parede, da qual alguns pedaços de reboco tinham caído, e fantasiando todo tipo de cena que poderia ter ocorrido ali em tempos antigos: como era a rua na época em que todas as casas tinham enfeites nos telhados, escadarias amplas e calhas com dragões na ponta. Ele até conseguia enxergar os soldados marchando com suas lanças. Com certeza era uma casa muito boa para se observar por diversão.

Na casa velha morava um velho homem que usava calças que só chegavam até o joelho, um casaco com grandes botões de latão e uma peruca que qualquer um percebia que era uma peruca mesmo. Todas as manhãs vinha outro homem velho limpar os quartos e cuidar do primeiro; se não fosse por esse segundo homem, o primeiro levaria uma vida bem solitária na casa. De vez em quando, o primeiro homem chegava até a janela e olhava para fora; quando isso acontecia, o menininho acenava para ele, e ele acenava de volta para o menininho; com isso eles ficaram familiarizados e se tornaram amigos. Nunca trocaram uma palavra, mas isso não importa.

Certo dia, o menino ouviu seus pais comentarem:

– Aquele senhor é muito rico, mas deve se sentir muito sozinho.

Então, na manhã do domingo seguinte, o menino embrulhou uma coisa em papel e levou até a porta da casa velha, e disse ao criado que servia ao velho:

– O senhor poderia, por gentileza, entregar isso em meu nome para o cavalheiro que mora aqui? Eu tenho dois soldadinhos de chumbo e aqui está um deles; quero que fique com aquele senhor, porque sei que ele é muito sozinho.

O criado assentiu e pareceu muito satisfeito, e então levou o soldadinho de chumbo para dentro da casa.

Pouco depois, o criado foi enviado à casa do menino para perguntar se ele não gostaria de ir fazer uma visita. Os pais dele deram autorização, e foi assim que ele entrou na casa velha.

As saliências de latão que enfeitavam o corrimão estavam mais brilhantes do que nunca, como se tivessem sido polidas por causa da visita dele; e nas portas estavam esculpidos trompetistas de pé sobre tulipas, e parecia que eles sopravam com máxima força, de tão estufadas que eram suas bochechas: "Tara-ta-tá, tara-ta-tá, o menininho está vindo. Tara-ta-tá, tara-ta-tá, o menininho está vindo".

A porta se abriu. Das paredes do saguão pendiam antigos retratos de cavaleiros em armaduras e de damas em trajes de seda; as armaduras tilintavam e os vestidos farfalhavam. Em seguida, havia uma escada bem comprida, que primeiro subia bastante e depois descia um pouquinho, e levava a um balcão que estava em estado calamitoso. Havia buracos enormes e fendas profundas, e nessas aberturas crescia mato; de fato, o balcão inteiro, o pátio e todas as paredes eram tão cheios de coisas verdes brotando que eles mais pareciam um jardim.

No balcão havia vasos em forma de cabeça de asno, mas as flores lá dentro cresciam sem se importar com isso. Em um vaso, cosmos cresciam com toda a força; se ainda não as flores, ao menos os brotos já estavam lá, esticando caules e talos e falando, dentro dos limites do que conseguiam falar:

– O ar me soprou, o Sol me beijou e me prometeram uma flor para o próximo domingo, para o próximo domingo mesmo!

Em seguida, eles entraram em um cômodo cujas paredes eram forradas de couro, e o couro tinha flores douradas estampadas. As paredes cantarolavam assim:

O dourado se desgasta com o tempo
E quando faz muito frio ou muito calor
Mas o couro resiste para sempre
Couro dura tanto quanto o amor

Cadeiras belamente entalhadas, com apoio para os braços e encostos muito altos, decoravam a sala; quando estalavam, pareciam dizer:

– Sente-se. Oh, meu amigo, como tenho dores! Acho que estou com gota, como o velho armário. Sofro de gota nas costas, aiaiai!

E então o menino entrou na sala onde estava o homem de idade.

– Obrigado pelo soldadinho de chumbo, meu amigo. E obrigado também por vir me visitar.

– Obrigado, obrigado, clec, clec – disseram e estalaram todos os móveis.

Havia tanta mobília que as peças se atropelavam umas às outras na tentativa de dar uma espiada no menino. Na parede perto do meio da sala ficava o retrato de uma linda dama, jovem e alegre, vestida à moda antiga, com o cabelo empoado e uma saia estufada e rígida. Ela não disse "obrigada" nem "clec", mas olhou para o menino com meiguice. Ele perguntou:

– Onde o senhor conseguiu este retrato?

– Na loja em frente – ele respondeu. – Tem uma porção de quadros, lá. Ninguém sabe quem são os retratados e ninguém parece se importar. As pessoas que os quadros representam estão mortas e enterradas há bastante tempo. Mas esta senhorita eu conheci muitos anos atrás, e ela está morta há meio século.

Em um vidro abaixo do quadro havia um ramalhete de flores murchas que, sem dúvida, também tinham meio século de idade, ou ao menos era isso que parecia.

O pêndulo do relógio ia para a frente e para trás e os ponteiros giravam, e conforme o tempo passava tudo na sala ia ficando muito velho, mas parecia que ninguém notava.

– Lá em casa falaram que o senhor é muito solitário – disse o menino.

– Ora, eu tenho lembranças muito agradáveis das coisas que passaram, e agora você também veio me visitar, e tudo isso é muito agradável.

Então ele retirou da estante um livro cheio de figuras representando longas procissões de maravilhosas carruagens, do tipo que já não se vê hoje em dia: soldados como valetes de paus e cidadãos agitando estandartes. Os alfaiates tinham uma bandeira com um par de tesouras sustentado por dois leões, e a bandeira dos sapateiros não mostrava um sapato e sim uma águia de duas cabeças, porque os sapateiros precisam sempre poder dizer: "Isto é um par". Ah, que livro ilustrado era aquele! Depois, o senhor foi até outro cômodo buscar maçãs e nozes. Era certamente muito agradável estar naquela casa velha.

– Eu não aguento isso – falou o soldadinho de chumbo, que estava em uma prateleira. – Aqui é tão solitário e parado. Eu estava acostumado a viver com uma família, e não consigo me acostumar a esta vida. Não suporto. O dia já é comprido demais, mas as noites são ainda mais longas. Aqui não é como era na sua casa em frente, quando seu pai e sua mãe conversavam alegremente, enquanto você e todas as outras queridas crianças faziam um barulho delicioso. Você acha que ele recebe algum beijo? Você acha que ele vê rostos amigáveis ou que decora um pinheiro quando chega o Natal? Ele não faz nada além de esperar a hora da morte. Ah, eu não aguento.

– Você não devia olhar só para o lado triste – respondeu o menino. – Eu acho lindo tudo que tem nesta casa, e os pensamentos antigos e gostosos sempre voltam para visitar.

– Sim, mas eu nunca vejo, porque não conheço esses pensamentos – o soldadinho de chumbo replicou. – Eu não aguento, não aguento.

– Mas precisa aguentar – o menino falou.

Então o senhor voltou, com uma expressão de contentamento, e trouxe com ele deliciosas compotas, além de maçãs e nozes, e o pequeno não pensou mais no soldadinho de chumbo.

Ah, como o menino estava feliz, deliciado! Depois que ele voltou para casa, passaram-se dias e semanas de muita troca de acenos de uma casa para a outra, e então ele foi fazer uma segunda visita. Os trompetistas entalhados sopraram: "Tara-ta-tá, tara-ta-tá, o menininho está vindo. Tara-ta-tá, tara-ta-tá, o menininho está vindo". As espadas e as armaduras dos antigos cavaleiros tilintaram e os vestidos de seda farfalharam, o couro recitou seus versinhos e as velhas cadeiras reclamaram de gota nos encostos e gemeram "tlec, tlec"; tudo foi exatamente como da primeira vez, pois naquela casa um dia e uma hora eram exatamente iguais.

– Eu não aguento mais – falou o soldadinho de chumbo. – Eu chorei lágrimas de metal, aqui é tão melancólico. Permita que eu vá para a guerra e perca um braço ou uma perna; ao menos seria uma mudança. Eu não suporto. Agora eu sei o que é receber a visita de lembranças antigas e conheço o que elas trazem junto. Fui visitado pelas minhas memórias e, pode acreditar, não foi nem um pouquinho divertido. Eu cheguei bem perto de me atirar da prateleira. Eu vi vocês todos na sua casa do outro lado da rua, como se estivessem presentes de verdade.

O soldadinho de chumbo enxugou as lágrimas e retomou:

– Era domingo de manhã e vocês, crianças, estavam de pé em volta da mesa, cantando o hino que cantam todas as manhãs. Você estava quietinho, com as mãos cruzadas, e seu pai e sua mãe estavam igualmente sérios; daí a porta se abriu e sua irmã Maria, que ainda não tem nem dois aninhos, foi trazida para a sala. Você sabe que ela sempre dança quando ouve música ou canto de qualquer tipo, então ela começou imediatamente a dançar, embora não devesse fazer isso com um hino religioso; só que ela não conseguia dançar no ritmo certo, porque a melodia era muito lenta, então ela ficou em um pé só, depois no outro, e em seguida curvou a cabeça bem para baixo, mas nada disso seguia o ritmo da música. Vocês todos ficaram lá com um ar muito grave, apesar da dificuldade de ficar sério naquela situação, mas eu não me aguentei e caí na risada e depois caí da mesa; fiquei com uma mancha que ainda está aqui, pode ver. Eu sei que rir não foi certo. Então tudo isso, e todas as outras coisas que eu já vi, ficam passando pela minha cabeça, e essas devem ser as tais velhas recordações que trazem tanta coisa com elas. Conte para mim se vocês ainda cantam aos domingos, fale-me da sua irmã Maria e como anda meu velho camarada, o outro soldadinho de chumbo. Ah, ele deve ser muito feliz. Eu não aguento esta vida.

– Eu dei você de presente para ele – o menino falou. – Você precisa ficar aqui, não entende?

Então o senhor voltou, trazendo uma caixa com diversas coisas interessantes para mostrar para o menino. Havia estojinhos de ruge, frascos de perfume, antigos baralhos tão grandes e ricamente decorados como já não se vê mais nos dias de hoje. E havia também caixinhas menores para explorar, e o piano foi aberto, e do lado de dentro da tampa havia paisagens pintadas. Porém, quando o senhor começou a tocar, o som pareceu bastante desafinado. Depois ele olhou para o quadro que havia comprado na loja em frente, seus olhos brilharam e ele balançou a cabeça suavemente, comentando:

– Ah, ela sabia cantar esta música.

– Eu vou partir pra guerra, eu vou partir pra guerra! – gritou o soldado de chumbo, o mais alto que pôde, e se atirou para o chão.

Onde ele poderia ter caído? O senhor procurou e o menino procurou e nenhum dos dois achou.

– Eu vou encontrá-lo, não se preocupe – o senhor disse, mas não o encontrou nunca, pois o soldadinho tinha caído em uma fenda entre as tábuas do chão, e lá está até hoje, como se fosse uma sepultura aberta.

O dia chegou ao fim e o menininho voltou para casa; passou uma semana, depois passaram outras mais. Era inverno e as janelas estavam embaçadas, de modo que o menino era obrigado a respirar nos vidros e depois esfregar um pouco, para conseguir espiar a casa velha pelo pedaço nítido. Montes de neve se acumulavam nos entalhes e nas inscrições, e os degraus acumulavam tanta neve como se não houvesse ninguém em casa. E de fato não havia ninguém na casa, pois o velho senhor tinha morrido.

Quando ficasse de noite, o corpo do senhor ia ser levado ao campo, para ser enterrado em sua sepultura. Não houve cortejo, ninguém seguiu o caixão, pois todos os amigos do falecido já tinham falecido também; o menininho beijou as mãos do velho amigo e observou quando levavam o corpo embora.

Alguns dias depois, houve um leilão na velha casa, e da janela o menino viu as pessoas carregando os retratos de antigos cavaleiros e damas, e vasos de flores com longas orelhas de asno, as velhas cadeiras e os armários. Alguns foram levados para uma direção, outros seguiram na direção oposta. A pintura *dela*, que tinha sido comprada do comerciante de quadros, voltou para a loja dele e lá ficou, pois ninguém parecia conhecer a dama retratada nem se importar com um quadro velho.

Na primavera, começaram a demolir a casa; as pessoas a chamavam de completa porcaria. Da rua era possível ver o cômodo cujas paredes eram forradas de couro, que estava solto e rasgado, e o mato do balcão pendurado por cima das vigas; eles arrancaram o balcão bem depressa, pois parecia prestes a cair a qualquer momento; por fim, tudo tinha sido removido.

– Ah, que bom que nos livramos dela – suspiraram as casas vizinhas.

Muito tempo depois, uma casa nova e elegante foi construída, porém, mais afastada da rua do que a anterior. Ela possuía janelas altas e paredes lisas, e na frente, bem no lugar onde antes ficava a casa velha, foi plantado um jardim, e trepadeiras selvagens cresceram abundantemente. Em frente ao jardim havia grades enormes de ferro e um portão largo e muito imponente. As pessoas costumavam parar e espiar pelas grades. Os pardais se reuniam em bandos numerosos nas trepadeiras e tagarelavam todos ao mesmo tempo o mais alto que conseguiam, mas não era sobre a casa velha que falavam. Nenhum dos pardais se lembrava dela, pois havia se passado muitos anos; tantos, na verdade, que o menininho agora era um homem, um homem bastante bondoso, e os pais se orgulhavam muito do filho. Ele acabou de se casar e veio com a jovem esposa residir na casa nova que tem o jardim em frente, e agora está parado diante do lar, ao lado da esposa, enquanto ela planta uma flor que acha muito bonita. Ela mesma plantou com suas mãos diminutas e pressionou a terra com os dedos.

– Oh, querido, o que é isto? – ela exclamou, quando algo a espetou. Algo estava se projetando para fora da terra fofa.

Era, imaginem só vocês, o soldadinho de chumbo! Sim, o mesmo que tinha se perdido na sala do velho senhor e permanecido escondido no meio da madeira e do lixo por tanto tempo que acabou afundando na terra e lá ficou por todos esses anos. A jovem esposa o retirou e limpou, usando primeiro uma folha e depois um elegante lenço que trazia no bolso e que emanava um perfume delicioso. O soldadinho de chumbo sentiu como se estivesse se recuperando de um desmaio.

– Deixe-me dar uma olhada nele – disse o jovem esposo, e depois sorriu e balançou a cabeça. – Dificilmente poderia ser o mesmo, mas me faz lembrar uma coisa que aconteceu com um dos meus soldadinhos de chumbo quando eu era criança.

Então ele contou à mulher sobre a casa velha e o velho homem e o soldadinho de chumbo que ele havia mandado para o lado oposto da rua por pensar que o senhor era muito solitário. Ele contou a história tão bem que a jovem esposa ficou com lágrimas nos olhos ao pensar na casa velha e no homem velho.

– Pois acho muito provável que seja o mesmo soldadinho – ela falou. – Vou tomar conta dele e sempre me lembrar da história que você contou, e um dia você vai me levar para visitar a sepultura do seu velho amigo.

– Eu não sei onde fica – o esposo respondeu. – Ninguém sabe. Todos os amigos dele tinham morrido, ninguém cuidou dele nem da sepultura, e eu era só um menininho.

– Ah, como ele deve ter sido terrivelmente sozinho – ela falou.

– Sim, terrivelmente sozinho – concordou o soldadinho de chumbo –, porém, mesmo assim, é delicioso jamais ser esquecido.

– Delicioso, de fato! – disse uma voz perto dele.

Ninguém, a não ser o soldadinho de chumbo, viu que a voz saía de um pedaço de couro todo esfarrapado. O trapo tinha perdido toda a decoração dourada e mais parecia terra úmida, mas ainda assim era cheio de opinião, e falou o seguinte:

O dourado se desgasta com o tempo
E quando faz muito frio ou muito calor
Mas o couro resiste para sempre
Couro dura tanto quanto o amor.

Mas o soldadinho de chumbo não acreditou em nada daquilo.

A FAMÍLIA FELIZ

A maior folha verde deste país é certamente a da bardana. Coloque uma em frente à cintura e você terá um avental; coloque-a acima da cabeça e ela vai funcionar quase tão bem quanto um guarda-chuva, de tão larga que é.

Uma bardana nunca cresce sozinha; onde você encontrar uma planta desse tipo, pode ter certeza de achar muitas outras bem perto da primeira. E como são deslumbrantes!

E toda essa maravilha é comida para caracol; os grandes caracóis brancos, que as pessoas refinadas de antigamente costumavam comer em guisados e, após a refeição, exclamar: "Mas que gostoso!", pois realmente os consideravam uma delícia. Esses caracóis viviam em folhas de bardana, e era por eles que elas eram cultivadas.

Havia uma velha cidade onde os caracóis não eram mais considerados uma iguaria. Os caracóis, por isso, foram extintos, mas as bardanas ainda floresciam. Elas tomaram conta de todos os campos e de todos os canteiros, a tal ponto que não podiam mais ser contidas; o lugar tinha se transformado em uma perfeita floresta de bardanas.

Aqui e acolá ainda restavam uma macieira ou uma ameixeira, como uma espécie de lembrete de que ali tinha existido um jardim, mas tudo, de uma ponta à outra do jardim, era bardana, e à sombra da bardana viviam os dois últimos dos antigos caracóis.

CONTOS DE FADAS DE ANDERSEN

Eles não sabiam quantos anos tinham, mas bem se lembravam da época em que havia muitos outros; recordavam também que descendiam de uma família que tinha vindo de terras estrangeiras e que a floresta onde viviam tinha sido plantada para eles e os familiares deles. Jamais tinham estado além dos limites do jardim, mas sabiam que existia uma coisa chamada castelo fora da floresta, e que nele um caracol era fervido até ficar preto, e depois colocado em uma travessa de prata. Embora nunca tivessem ouvido falar do que acontecia depois, nem como era, exatamente, a sensação de ser cozido e disposto em uma travessa de prata, sem dúvida deveria ser uma coisa boa, além de imensamente refinada.

Nem o besouro, nem o sapo, nem a minhoca, que eles questionaram sobre o assunto, souberam dar a menor pista, já que nenhum deles jamais tinha sido fervido e servido em bandejas de prata.

Os velhos caracóis brancos eram a espécie superior no mundo, disso eles estavam bem cientes. A floresta havia sido plantada por causa deles, e o castelo, construído expressamente para que ali eles fossem cozidos e servidos.

Agora que levavam uma vida muito feliz e tranquila, como não tinham tido filhos, resolveram adotar um caracolzinho comum e criá-lo como se fosse seu filho natural. Mas a pequena criatura não crescia, pois era somente um caracol comum, apesar de sua mãe adotiva fazer de conta que via um grande desenvolvimento acontecendo. Como o esposo parecia não notar o progresso, ela pediu que ele tocasse a concha do filho, e então, para grande alegria de ambos, ele descobriu que a esposa tinha razão.

Certo dia caiu uma chuva pesada.

– Ouçam! – disse o Pai Caracol. – Ouçam como a chuva bate nas folhas da bardana com a força de um tambor: rum-dum-dum, rum-dum-dum.

– Tem gotas menores também – disse a Mãe Caracol. – Elas descem escorrendo pelos talos. Daqui a pouco vai ficar tudo bem molhado por aqui. Fico tão aliviada por termos casas tão boas e que nosso filho também tenha a dele. Realmente, muito mais coisas foram feitas por nós do que por qualquer outra criatura. Todo mundo deve reconhecer que somos seres superiores. Temos casas desde o nascimento e a bardana foi plantada por nossa causa. Eu só queria saber até onde chega essa floresta e o que existe depois.

– Não existe nada melhor do que o que temos aqui – o Pai Caracol falou. – Eu não quero nada mais.

– Mesmo assim – respondeu a mãe –, eu gostaria de ser levada ao castelo e fervida e deitada em uma bandeja de prata; este foi o destino de todos os nossos ancestrais, e podemos ter certeza de ser algo bastante fora do comum, extraordinário mesmo.

– O castelo talvez tenha desmoronado e hoje seja só uma ruína – o Pai Caracol opinou. – Ou quem sabe foi tomado pelas bardanas e os antigos moradores não conseguem sair. Seja como for, temos tempo para cuidar desse assunto. Você está sempre tão agitada e com pressa, e nosso filho já começa a ficar igual. Faz três dias que ele está escalando aquele galhinho ali, a toda velocidade. Eu fico tonto só de olhar.

– Não brigue com ele – pediu a mãe. – Ele escala com bastante cuidado. Nós dois não temos mais pelo que viver, e ele será a alegria da nossa velhice. Você já pensou em como vamos conseguir uma esposa para ele? Você não acha que mais adiante, no meio da floresta, pode haver outros da nossa espécie?

– Eu me arriscaria a dizer que podem existir lesmas – o velho pai respondeu. – Lesmas sem concha, sem casa nenhuma; elas são tão grosseiras e comuns, embora se julguem muito importantes. Mas podemos empregar as formigas pretas, que circulam tanto por aí, correndo pra frente e pra trás como se todo o trabalho do mundo estivesse em suas mãos. Elas com certeza serão capazes de encontrar uma esposa para o nosso jovem cavalheiro.

– Eu conheço a mais bela entre as belas – disse uma das formigas –, mas não sei se daria certo, pois ela é uma rainha.

– Ela ser rainha não é um problema – disseram os dois caracóis. – Mas ela tem uma casa?

– Tem um palácio – as formigas responderam. – O castelo mais esplêndido, com setecentas passagens e galerias.

– Agradeço, mas nosso menino não vai viver em uma montanha de formigas – retrucou a Mãe Caracol. – Se vocês não conhecem nada melhor, vamos empregar as moscas brancas, que voam debaixo de sol e chuva e conhecem cada cantinho da floresta de bardanas.

– Encontramos uma esposa para ele – disseram as moscas. – A cem passos daqui, em um arbusto de groselha, vive uma caracolzinha com casa. Ela é solteira e já tem idade para casar. Fica a apenas cem passos humanos de distância.

– Que ela venha até aqui, então – disse o velho casal. – Pois ele tem uma floresta de bardana, e ela só possui um arbusto.

Então as moscas foram buscar a jovem senhorita caracol. Ela levou oito dias para percorrer o trajeto, mas isso só demonstrava sua superioridade e provava que ela era de boa família.

O casamento aconteceu. Seis vaga-lumes forneceram toda a luz que conseguiram, mas, fora isso, foi um evento bem tranquilo. Os mais velhos não aguentavam muita agitação. A Mãe Caracol fez um discurso muito comovente. O pai estava tão emocionado que não sentiu confiança em si mesmo para dizer nadinha.

Eles presentearam o jovem casal com a floresta de bardana inteira, repetindo o que sempre tinham dito, ou seja, que aquela era a melhor herança que havia no mundo, e que se eles levassem uma vida direita e honrada, e que se tivessem filhos, sem dúvida nenhuma eles próprios e as crianças seriam um dia levados ao castelo, fervidos até ficarem pretos e servidos como guisado em uma travessa de prata.

Depois disso, o casal mais velho se recolheu a suas respectivas casas e nunca mais tornou a sair; eles caíram em sono profundo. O jovem par é que comandava a floresta de bardana agora, e eles criaram uma família numerosa. Porém, conforme o tempo passou e nenhum deles foi cozido nem servido em bandeja de prata, eles concluíram que o castelo havia desmoronado e virado escombros, e que o mundo dos seres humanos tinha sido extinto. E como ninguém disse nada em contrário, eles provavelmente estavam certos.

Assim, a chuva continuou batendo nas folhas de bardana apenas para diverti-los com os golpes de tambor, e o Sol seguiu iluminando a floresta para benefício exclusivo deles, e muito, muito felizes eram os caracóis; eles e toda a família indizivelmente felizes!

A FLOR DA ERVILHA

Era uma vez cinco ervilhas em uma vagem; elas eram verdes e a vagem era verde, então elas acreditavam que o mundo inteiro devia ser verde também, o que era uma conclusão muito natural.

A vagem cresceu e as ervilhas cresceram; conforme cresceram, acomodaram-se em fila. O Sol brilhava e aquecia a vagem, a chuva a tornava limpa e translúcida; de dia tudo era suave e agradável e de noite ficava tudo escuro, como deveria mesmo ser. As ervilhas, sentadas dentro da vagem, ficaram cada vez maiores e mais pensativas, pois sentiam que deveria haver alguma coisa para elas fazerem.

– Será que vamos ficar sentadas aqui para sempre? – uma delas perguntou. – Será que não vamos endurecer, esperando aqui tanto tempo? Para mim, parece que existe alguma coisa lá fora; tenho certeza.

Semanas se passaram; as ervilhas ficaram amarelas e a vagem também ficou amarela.

– O mundo inteiro está amarelecendo, eu suponho – elas comentaram, e talvez tivessem razão.

De repente, elas sentiram um puxão na vagem. Ela foi arrancada e segurada por mãos humanas; em seguida, enfiada no bolso de um casaco com outras cascas estourando de tão cheias.

– Agora deve faltar pouco para sairmos – disse uma, e isso era tudo que todas mais queriam.

– Eu gostaria de saber qual de nós vai viajar para mais longe – comentou a menorzinha entre as cinco. – Logo veremos.

– O que tiver de ser será – respondeu a maiorzona delas.

A vagem fez "crec", e as cinco ervilhas rolaram para a luz do dia. Elas estavam na mão de uma criança. Um menino as segurava com firmeza. Ele falou que eram ervilhas ótimas para lançar de seu atirador de ervilhas, e imediatamente as colocou no tubo e soprou.

– Agora estou voando para conhecer o mundo – disse uma ervilha. – Agarre-me quem puder! – e sumiu.

– Eu pretendo voar direto para o Sol – disse a segunda. – É uma vagem perfeita para mim – e lá foi ela.

– Nós vamos dormir onde estivermos – falaram as duas ervilhas seguintes. – E ainda continuaremos rolando – elas de fato caíram no chão e rolaram um pouco, mas acabaram enfiadas no atirador de ervilhas mesmo assim. – Nós iremos mais longe do que qualquer uma – gritaram.

– O que tiver de ser será – exclamou a última ervilha, ao ser lançada do atirador.

E lá foi ela bem para o alto; a ervilha bateu em uma velha tábua presa à janela do sótão e caiu em uma pequena rachadura quase repleta de musgo e terra fofa. O musgo se fechou sobre a ervilha e lá ela ficou; presa, sem dúvida, mas não ignorada pelos olhos de Deus.

– O que tiver de ser será – ela falou para si mesma.

No pequeno sótão morava uma mulher pobre que limpava fornos, cortava lenha em lascas miúdas e fazia todo tipo de trabalho duro, pois era forte e bem-disposta. Apesar disso, continuava pobre; em sua casa no sótão, a única filha vivia deitada. Ela ainda não era grande, e tinha uma saúde frágil e uma constituição delicada. Fazia um ano que ela estava acamada e parecia que nunca iria morrer nem sarar.

– Ela vai encontrar a irmã menor – disse a mulher. – Eu só tive duas filhas e não era nada fácil sustentá-las, mas o bom Deus cuidou de uma ao levá-la para junto de Si. A outra foi deixada comigo, mas creio que elas não devam se separar, e minha menina doente irá em breve rever a irmã no céu.

Durante o dia todo, a menina doente ficou na cama, deitada quietinha na maior paciência, enquanto a mãe estava fora tentando ganhar algum dinheiro.

A primavera chegou, e certa manhã o Sol brilhou através da pequena janela, lançando seus raios suaves no chão do quarto. Bem quando a mãe estava saindo para ir trabalhar, a menina doente fixou o olhar na vidraça mais baixa da janela.

– Mamãe – ela exclamou –, o que pode ser aquela coisinha verde espiando da janela? Está se mexendo com o vento.

A mãe foi até o parapeito e entreabriu a janela.

– Ah! É uma ervilha, veja só, que criou raízes aqui e agora está brotando! Como será que ela veio parar nessa rachadura? Bom, agora você tem um pequeno jardim com o qual se distrair.

Então a cama da menina doente foi arrastada até perto da janela, para que ela pudesse acompanhar o desenvolvimento da plantinha, e a mãe foi trabalhar.

– Mamãe, eu acho que vou sarar – disse a menina, à noite. – Hoje o Sol brilhou tão forte e tão quentinho, e a pequena ervilha está crescendo tão rápido, que eu também me sinto melhor, e acho que deveria me levantar e sair para tomar sol de novo.

– Deus ajude que sim! – a mãe respondeu, embora não acreditasse muito na recuperação da filha.

A mãe pegou um pauzinho e escorou o pequeno pé de ervilha que tanto prazer tinha dado à filha, de modo que ele ficasse firme e não se partisse com o vento. Ela então amarrou um pedaço de barbante no parapeito e ao redor da janela, para que a ervilha, sendo uma trepadeira, tivesse onde se enroscar. A planta começou a se desenvolver tão depressa que o crescimento era visível da noite para o dia, e certa manhã a mãe exclamou:

– Parece que vem mesmo uma flor por aí!

Ela estava finalmente começando a se permitir acreditar que a filhinha adoentada poderia realmente se recuperar. A mãe recordou que por algum tempo a criança havia falado com mais animação e que nos últimos dias tinha até se erguido na cama de manhã, para, com olhos brilhantes, observar seu pequeno jardim, que era formado por um único pé de ervilha.

Uma semana mais tarde, a menina ficou por uma hora inteirinha sentada junto à janela, sentindo-se muito reconfortada no calor do sol, enquanto lá fora a plantinha crescia e dava lindas flores rosadas. A senhorita então se curvou e, com toda a suavidade, depositou um beijo nas folhas delicadas. Aquele foi um dia muito festivo para ela.

– Nosso Pai celestial plantou esta ervilha aqui pessoalmente, e a fez crescer e florescer, para trazer alegria para você e esperança para mim, minha filha abençoada – disse a mãe, sorrindo para a flor de ervilha como se fosse um anjo de Deus.

Mas o que houve com as demais ervilhas? Ora, aquela que voou para o grande mundo selvagem e desafiou "Agarre-me quem puder" caiu em uma calha no telhado de uma casa e encerrou suas viagens no cocô de um pombo. As duas preguiçosas foram levadas bem longe e acabaram tendo alguma serventia, pois foram comidas por aves também. Mas a quarta, que queria chegar ao Sol, caiu em uma fossa e por muitos dias e várias semanas permaneceu lá no meio da água suja, até que ficou enorme de tão inchada.

– Estou lindamente gordinha – ela falou. – Espero finalmente explodir, pois não há nada melhor do que isso para uma ervilha, na minha opinião. Eu sou a mais admirável de todas as cinco ervilhas que estavam naquela vagem; a fossa concordou.

A menina, por sua vez, ganhou um brilho nos olhos e tinha nas bochechas o tom rosado da saúde. Ela se pôs diante da janela aberta do sótão e, formando com as mãos uma concha sobre a flor da ervilha, agradeceu a Deus pelo que Ele havia feito.

A GAROTINHA DOS FÓSFOROS

Estava terrivelmente gelado; nevava forte e já estava praticamente escuro quando a noite chegou; a última noite do ano. Em meio ao frio e à escuridão, seguia pela rua uma pobre garotinha com a cabeça descoberta e os pés descalços. É verdade que ao sair de casa ela estava usando chinelos, mas eles eram grandes demais para seus pés; eram os chinelos que sua mãe usava até então, e a coitada da garotinha os tinha perdido quando precisou atravessar a rua correndo muito rápido, para escapar de duas carruagens que se aproximavam em alta velocidade. Quando foi procurar, um pé ela não conseguiu achar; o outro, um menino pegou e levou embora, gritando, enquanto fugia, que ia usá-lo como berço quando tivesse um filho.

Assim seguiu a garota com os pés descalços, que estavam vermelhos e azuis por causa do frio. Em seu velho avental, ela levava pacotinhos de palitos de fósforo; tinha alguns na mão também. Ninguém havia comprado nem um pacote ao longo do dia todo, e ninguém tinha lhe dado nem uma moeda.

Coitadinha da garota! Tremendo de frio e fome ela continuou andando. Era o perfeito retrato da miséria.

Os flocos de neve caíam em seu longo cabelo loiro, que era cacheado e comprido até o pescoço; mas ela não pensava na própria beleza nem no frio. Luzes brilhavam em cada janela, e dava para sentir o delicioso aroma de ganso assado, pois era véspera de Ano-Novo. E era nisso que ela pensava.

Em um canto formado por duas casas, uma mais à frente do que a outra, ela se sentou encolhida. Mesmo puxando para perto os pezinhos, sentia cada vez mais frio; ainda assim, não se atrevia a voltar para casa, pois não tinha vendido nenhum pacote de fósforos e não teria nenhuma moeda para levar. O pai com certeza bateria nela; além disso, na casa também fazia muito frio, pois tinham apenas o telhado acima da cabeça, e apesar de os buracos maiores terem sido fechados com palha e trapos, restavam muitos outros pelos quais o vento gelado conseguia passar.

Agora eram suas mãozinhas que estavam quase congelando. Coitada da garotinha! Talvez um palito de fósforo pudesse ajudar, se ela conseguisse tirar do pacote, riscar na parede e esquentar os dedos. Foi o que ela fez. Ah, mas que maravilha! Como iluminava e aquecia! O palito fornecia uma chama morna e brilhante como uma pequena vela, e ela pôs as mãos por cima. Que esplêndida era aquela luzinha. A menina tinha a sensação de estar realmente sentada em frente a um grande forno de ferro, daqueles com pés de metal polido, uma pá de latão e longas pinças de remexer as brasas. A chama queimava de um modo tão abençoado que a jovem senhorita esticou as pernas para aquecer também os pés. Como era gostoso! Mas, ah! O fogo se apagou, o forno sumiu e nada restou além do palito queimado em sua mão.

Ela esfregou mais um na parede. Ele acendeu e brilhou. No ponto onde a luz bateu, a parede ficou transparente como um véu, ela conseguiu enxergar através dela e viu a sala. Uma toalha branca como a neve estava estendida sobre a mesa, na qual havia louças de porcelana dispostas para a ceia e também um ganso assado, recheado de maçãs e ameixas, fumegando lindamente e soltando o mais delicioso dos aromas. Mas o mais delicioso de tudo, o mais maravilhoso, foi que o ganso pulou do prato, com o garfo e a faca ainda enfiados no peito, e veio gingando pelo chão bem na direção dela.

Mas então o fósforo se apagou de novo, e nada lhe restou, a não ser a parede grossa e úmida.

A garotinha riscou mais um palito. Agora, ela estava debaixo de uma linda árvore de Natal, maior e podada de um jeito muito mais bonito do que a que ela havia visto através da porta de vidro de um comerciante rico. Centenas de velas de cera estavam acesas nos galhos verdes, de onde a observavam figuras tão alegres quanto as que ela havia visto nas vitrines das lojas. A criança esticou as mãos na direção delas; e então o fósforo se apagou.

Mesmo assim, as luzes da árvore de Natal continuaram subindo cada vez mais alto. A garotinha as via agora como se fossem estrelas no céu; uma delas caiu, deixando atrás de si um longo rastro de fogo.

– Alguém está morrendo – ela murmurou baixinho; pois sua avó, a única pessoa que a tinha amado, e agora estava morta, tinha certa vez dito que, sempre que uma estrela cai, uma alma sobe para Deus.

Mais uma vez ela riscou um palito na parede, mais uma vez houve luz, e na claridade surgiu, bem diante de seus olhos, a querida velha avó, iluminada e radiante, mas também doce e suave, e tão feliz como nunca tinha aparentado na terra.

– Vovó! – a criança gritou. – Me leva com você! Eu sei que você vai desaparecer quando o fósforo acabar. Vai desaparecer igual ao forno quentinho, ao banquete de Ano-Novo, igual à árvore de Natal.

Então, antes que a avó sumisse, ela esfregou um pacote inteiro de palitos na parede. Os fósforos queimaram com uma luz tão brilhante que o entorno ficou mais iluminado do que se fosse dia. A avó nunca tinha parecido tão linda e tão grandiosa. Ela tomou a pequena nos braços e as duas foram embora voando, gloriosamente felizes, subindo cada vez mais alto, até muito acima da Terra; e para elas não existia nem fome, nem frio, nem necessidade: ambas estavam com Deus.

No entanto, quando o dia raiou, naquele canto entre as casas estava sentada a pobre menina, apoiada contra a parede, com as bochechas vermelhas e uma boca sorridente; havia morrido congelada na última noite do ano. Ela estava gelada e dura, sentada ao lado dos pacotes de fósforo, um dos quais estava totalmente queimado.

– Ela tentou se esquentar, coitadinha – disseram as pessoas, sem imaginar as doces visões que a menina havia tido, nem como tinha sido glorioso partir com a avó rumo às alegrias de um novo ano.

A GOTA DE ÁGUA

Vocês com certeza sabem o que é um microscópio, aquele equipamento com uma lente que deixa tudo cem vezes maior do que é na realidade.

Se vocês observarem uma única gota de água de rua no microscópio, verão milhares de criaturas estranhas, do tipo que nunca imaginaram que poderiam viver na água. Elas não são muito diferentes de uma tigela cheia de camarões, todos pulando uns sobre os outros, apertados e se trombando. Essas pequenas criaturas são tão ferozes que arrancam impiedosamente os braços e as pernas umas das outras, e depois ainda ficam alegres e contentes.

Bom, havia um homem bem velho a que os vizinhos chamavam de Cribbley Crabbley, um nome estranho, de fato, que significa algo como "rasteja-e-arrasta". Ele gostava de sempre extrair o máximo de tudo, e, quando não conseguia do modo tradicional, apelava para a magia.

Um dia, ele estava analisando ao microscópio uma gota de água trazida de um fosso vizinho. Mas que grande confusão aprontavam aqueles milhares de danadinhos! Eles pulavam e saltavam e corriam e se mordiam e se rasgavam.

— Mas isto é completamente chocante. Com certeza existe um jeito de fazê-los viver quietos e em paz, cada um cuidando da própria vida e deixando os outros em paz.

Ele refletiu bastante, mas não conseguiu chegar a um plano, então precisou recorrer a um pouco de feitiçaria.

– Vou colocar um pouco de cor nessas criaturas, para enxergar melhor cada uma – ele anunciou.

Assim dizendo, ele pingou sobre a gota de água algo que parecia ser uma gota de vinho tinto, mas que era, na verdade, sangue de bruxa. No mesmo instante, todas as estranhas criaturinhas ficaram totalmente vermelhas, como uma cidade cheia de peles-vermelhas nus.

– Ora, ora, o que é que tem aí? – perguntou um segundo mágico, que não tinha nome e por causa disso era ainda mais notável do que o Cribbley Crabbley.

– Se você adivinhar o que é, eu dou pra você – Cribbley Crabbley respondeu –, mas já aviso que não vai ser fácil.

O segundo mágico olhou pelo microscópio e teve a impressão de estar vendo uma cidade inteira na qual as pessoas corriam peladas de um lado a outro, do jeito menos civilizado do mundo. Aquilo era chocante! Ainda mais horrível era ver como eles chutavam, socavam, esganavam, beliscavam, arranhavam, mordiam e engoliam uns aos outros. Quem estava por baixo queria ir para cima e quem estava em cima queria ir para baixo.

– Ei, a perna daquele lá é maior do que a minha, então vou arrancar fora! – parecia que um estava dizendo.

Outro tinha um pequeno calombo atrás da orelha; um calombinho que não fazia mal aos outros, só provocava dor naquele que o tinha; pois os outros decidiram que o calombo iria causar uma dor ainda maior. Agarraram a criatura, arrastaram a pobre de um lado a outro e por fim a devoraram, tudo por causa de um calombo que para os outros era totalmente inofensivo.

Apenas uma das criaturas era calma, uma senhorita que ficava sentada sozinha em seu canto e que só desejava da vida paz e tranquilidade. Mas os outros não aceitavam isso. Eles a puxaram, algemaram e rasgaram em mil pedacinhos, e por fim a engoliram.

– Isto é muito engraçado e divertido – disse o bruxo sem nome.

– Sim, mas o que você acha que é? – perguntou Cribbley Crabbley. – Consegue adivinhar?

– Ah, é muito fácil! – foi a resposta do mágico anônimo. – Muito fácil. É Paris ou Copenhague, ou alguma outra grande cidade; não sei qual, porque são todas parecidas, mas é uma cidade grande, com certeza.

– É uma gota de água de fosso – Cribbley Crabbley respondeu.

A MACIEIRA ARROGANTE

Era o mês de maio. O vento ainda soprava frio, mas de cada arbusto e árvore, dos campos e de todas as flores, vinha o bem-vindo anúncio: "A primavera chegou".

Flores selvagens em profusão enchiam os canteiros. Sob a pequena macieira, a Primavera parecia bem ocupada e contou sua história de um dos galhos, que se inclinava fresco, florido e carregado de botões prestes a abrir.

O galho sabia muito bem que era lindo; esse conhecimento existe tanto nas folhas quanto na seiva. Portanto, eu não me surpreendi quando a carruagem de um nobre, na qual viajava uma jovem condessa, parou na estrada bem ao lado. O galho da macieira, ela falou, era a coisa mais adorável, um símbolo da primavera em seu aspecto mais charmoso. O galho ficou caidinho por ela, e ela o apanhou com sua mão delicada e o protegeu com sua sombrinha de seda.

Eles seguiram rumo ao castelo, que tinha corredores com pé-direito muito alto e amplos salões de recepção. Cortinas do branco mais puro esvoaçavam diante das janelas abertas, e lindas flores estavam colocadas em vasos transparentes. Em um deles, tão límpido que parecia ter sido recortado de neve recém-caída, o galho da macieira foi posto em meio a ramos delicados de faia fresca. Era uma visão encantadora. E o galho se tornou arrogante, parecendo-se bastante com a natureza humana.

HANS CHRISTIAN ANDERSEN

Pessoas de todos os tipos visitavam o salão e manifestavam suas impressões de acordo com a posição que ocupavam na sociedade. Algumas poucas não diziam nada, outras falavam demais, e o galho da macieira depressa entendeu que havia tanta diferença no caráter dos seres humanos quanto no das plantas e flores. Algumas servem para desfiles e ocasiões cheias de pompa, outras lutam para manter a própria importância, enquanto o resto pode ser dispensado sem grande perda para a sociedade. Assim pensava o galho diante da janela aberta, através da qual ele conseguia ver jardins e campos onde havia flores e plantas em quantidade suficiente para que ele refletisse a respeito: uns são ricos e belos, outros são de fato bem humildes.

– Pobre capim desprezado – o galho da macieira falou. – Há realmente uma diferença entre eles e tipos como eu. Como devem ser infelizes, se é que eles têm a capacidade de ter sentimentos, como os da minha posição! Existe de fato uma diferença, e deveria mesmo existir, do contrário seríamos todos iguais.

E o galho olhou para eles com uma espécie de piedade, em especial para certa florzinha que se encontra muito nos campos e nas valas. Ninguém faz ramalhetes dessas flores, pois são comuns demais; brotam até no meio de paralelepípedos e crescem feito erva daninha, além de terem o feioso nome de dente-de-leão ou amor-dos-homens.

– Coitadas das plantas desprezadas – suspirou o galho –, não é culpa delas serem tão feias e terem um nome ainda mais feio. Mas ocorre com as plantas o mesmo que com os humanos: é preciso haver uma diferença.

– Diferença! – protestou o raio de sol, enquanto beijava o galho de macieira e depois o dente-de-leão.

São todos irmãos, e o Sol beija da mesma forma as flores pobres e as ricas. O galho de macieira nunca tinha pensado no amor ilimitado de Deus, que se estende sobre todas as Suas criaturas, sobre tudo o que vive e se mexe e vive Nele. O galho nunca tinha pensado que aquilo que é bom e belo pode ser frequentemente escondido, mas jamais esquecido por Ele, e que isso vale não só para os seres inferiores como plantas e animais, mas também para os homens. O raio de sol era mais inteligente do que o galho da macieira.

– Você não enxerga muito longe nem com muita clareza – o raio de sol disse para o galho da macieira. – Qual é exatamente a flor de quem você sente toda essa pena?

– O dente-de-leão – ele respondeu. – Ninguém nunca faz um buquê com essa flor; ela é esmagada por passos e existe em muita quantidade; e quando semeada, dá flores que parecem lã, que saem voando em pedacinhos e se prendem às roupas das pessoas. Elas são apenas sementes, mas é claro que precisam existir sementes. Ah, mas eu fico mesmo muito grato por não ser como essa flor.

Dali a pouco um grupo de crianças cruzou o campo; a mais nova era tão pequena que precisava ser carregada no colo de outra. Quando puseram o bebê sentado na grama, no meio das flores amarelas, ele riu, muito contente, chutou o ar, rolou, arrancou umas flores e beijou todas com uma inocência infantil.

As crianças mais velhas partiram os caules das flores mais altas, entrelaçaram as hastes até formar elos e fizeram primeiro um colar; depois, uma corrente de enfiar pela cabeça e chegar até a cintura; por fim, lindas tiaras, de modo que ficaram belíssimas com suas guirlandas de hastes verdes e flores douradas. A mais velha do grupo recolheu com todo o cuidado as flores murchas e, no talo delas, juntou as sementes; o resultado foi uma esfera de penugens brancas.

Estas flores arejadas, soltinhas e com jeito de lã são muito bonitas e parecem dunas ou penas feitas de neve. As crianças aproximam as flores da boca e sopram, tentando expulsar todas as penugens de uma só vez. A avó delas tinha contado que quem conseguisse fazer isso ganharia roupas novas antes do fim do ano. Com isso, a flor, antes desprezada, foi elevada à condição de profeta ou adivinha.

– Você enxerga agora – perguntou o raio de sol – a beleza destas flores? Compreende o poder que elas têm de dar prazer?

– Sim – respondeu o galho de macieira –, para as crianças.

Dali a pouco, uma velha senhora se aproximou do campo, trazendo na mão uma faca grosseira sem cabo; ela começou a cavar em volta das raízes e a puxar as plantas para cima. Com algumas ela planejava preparar um chá para si mesma; as demais ela ia vender para um farmacêutico e fazer um bom dinheiro.

– A beleza tem mais valor do que tudo isso – protestou o galho de macieira. – Só os escolhidos podem ser admitidos no império da beleza. Há uma diferença entre as plantas, assim como existem diferenças entre os homens.

O raio de sol então falou sobre o amor infinito de Deus e de como podemos ver esse amor na criação Dele e em tudo que vive; falou também sobre a distribuição igualitária que Deus faz de Seus dons, tanto agora quanto na eternidade.

– Esta é sua opinião – respondeu o galho.

Algumas pessoas entraram no salão, e entre elas estava a jovem condessa, a dama que havia colocado o galho de macieira no vaso translúcido, tão agradavelmente banhado pelos raios de sol. Ela carregava nas mãos alguma coisa que parecia uma flor. O objeto estava escondido atrás de umas folhas grandes, que o cobriam como se fossem um escudo, para que nem um grãozinho de poeira ou um mínimo sopro do vento pudesse atingi-lo, e era transportado com mais cuidado do que o galho jamais tinha visto.

Muito cautelosamente as folhas foram afastadas, e lá estava a esfera de penugens do desprezado dente-de-leão. Era isso o que a condessa havia colhido com tanto zelo e levado para casa tão protegido, para que não se perdesse pelo caminho nenhuma de suas minúsculas flechas de pena, que tinham a aparência suave da bruma e eram tão delicadamente dispostas. Agora, segurando a flor sã e salva, a jovem dama estava maravilhada com a beleza de suas formas, com sua leveza arejada e a construção singular, prestes a ser soprada pelo vento.

– Vejam – ela exclamou – como Deus criou esta florzinha tão linda. Eu vou pintar um quadro dela com o galho da macieira. Todo mundo admira a graça do galho de macieira, mas esta humilde flor recebeu do Céu outro tipo de encanto, e, apesar de serem diferentes na aparência, são ambos crias do reino da beleza.

Então o raio de sol beijou tanto a modesta florzinha quanto o florido galho de maçã, em cujas folhas apareceu um rubor rosado.

A MÃE DO SABUGUEIRO

Era uma vez um menininho que ficou resfriado porque ficou brincando ao ar livre com os pés molhados. Ninguém conseguia entender como ele tinha conseguido fazer aquilo, já que o tempo estava bem seco. Sua mãe tirou as roupas dele e o pôs na cama, e depois trouxe o bule para preparar um chá de sabugueiro, que aquece bem.

Ao mesmo tempo, um senhor muito simpático, que vivia sozinho na parte de cima da casa, surgiu à porta. Ele não tinha esposa nem filhos, mas adorava crianças e sabia contar tantas histórias e contos de fadas que era um prazer ouvi-lo falar.

– Se você beber todo o seu chá – disse a mãe –, acho que vai ganhar uma história.

– Sim, se eu conseguisse pensar em alguma nova pra contar – disse o senhor. – Mas como foi que nosso amigo aqui conseguiu molhar os pés? – ele perguntou.

– Ah – a mãe respondeu –, isso é o que não conseguimos entender.

– Você me conta uma história? – o menino pediu.

– Claro, se me contar qual é a profundidade exata da sarjeta que você atravessa na rua quando vai para a escola.

– Chega até o meu joelho – o menino respondeu de pronto. – Quer dizer, se eu ficar na parte mais funda.

– Então é fácil ver como você ficou com os pés molhados – o senhor respondeu. – Bem, então agora parece que eu tenho de lhe contar uma história, mas acho que não conheço mais nenhuma.

– Você consegue inventar uma, eu sei – falou o menino. – A mamãe diz que você consegue transformar em história tudo o que vê e até tudo em que põe a mão.

– Ah, mas essas histórias não valem grande coisa. As melhores são as que vêm sozinhas, dão batidinhas na minha testa e anunciam: "Estamos aqui!".

– Será que daqui a pouco não vai ter uma batidinha? – o menino perguntou, provocando uma risada na mãe enquanto ela colocava flores de sabugueiro no bule e derramava água fervente por cima. – Ah, por favor, me conta uma história.

– Conto, se a história aparecer sozinha, mas histórias e contos de fadas são muito orgulhosos, só vêm quando querem. Ah! Espera! – o senhor exclamou de repente. – Aqui está, veja! Tem uma história dentro do bule bem agora.

O menininho deu uma espiada no bule e viu que a tampa estava se abrindo lentamente, e que galhos compridos se esticavam para fora, saíam até pelo bico e se espalhavam em todas as direções, tornando-se cada vez maiores, até que apareceu uma grande árvore de sabugueiro repleta de flores brancas e frescas. Ela se espalhou até a cama e afastou as cortinas e, ah, como as flores eram perfumadas!

No meio da árvore surgiu sentada uma senhora de aparência muito agradável usando um vestido muito estranho. O vestido era verde como as folhas do sabugueiro e decorado com grandes flores brancas da planta. Não era fácil dizer se a bainha do vestido era feita de algum material ou de flores de verdade.

– Qual é o nome desta senhora? – perguntou o menino.

– Os romanos e os gregos a chamavam de Dríade – respondeu o senhor –, mas nós não entendemos esse nome; na parte da cidade onde vivem os marinheiros, nós temos um nome melhor: Mãe do Sabugueiro. E agora você deve prestar atenção nela e escutar enquanto observa esta linda árvore.

E o senhor simpático começou:

– Uma árvore de sabugueiro tão grande e florida quanto esta fica no canto de um modesto jardinzinho; debaixo dessa árvore, em certa tarde ensolarada, estavam sentadas duas pessoas: um marinheiro e a esposa dele. Eles já tinham bisnetos e estavam prestes a comemorar as bodas de ouro, que em muitos países é o nome que se dá ao quinquagésimo aniversário de casamento. A Mãe do Sabugueiro estava sentada naquela árvore com o mesmo contentamento que você vê nela agora. "Eu sei quando serão as bodas de ouro", ela falou, mas eles não ouviram, porque estavam conversando sobre os velhos tempos.

– Você se lembra – disse o velho marinheiro – de quando éramos bem crianças, e corríamos e brincávamos exatamente neste jardim onde estamos sentados agora, e de como plantamos uns ramos ali no canto para fazer um jardim?

– Lembro – respondeu a velha esposa. – Eu me lembro muito bem disso e também de como nós regamos os ramos. Um deles era de sabugueiro e criou raízes e produziu brotos verdes, até que se transformou nesta grande árvore debaixo da qual nós, os mais velhos, estamos sentados.

– Sem dúvida – o marido respondeu. – E naquele canto mais distante está a tina de água em que brincava com um barquinho de papel que eu mesmo tinha recortado, e ele navegava muito bem. Mas desde aquela época eu aprendi formas de navegação bem diferentes.

– Sim, mas antes nós frequentamos a escola – a esposa continuou – e depois disso fizemos a crisma. Ah, como nós dois choramos naquela manhã! E à tarde saímos para passear de mãos dadas, subimos a torre redonda e de lá apreciamos a vista de Copenhague e da paisagem além da água; depois fomos até Fredericksburgo, onde o rei e a rainha estavam navegando pelos canais no lindo barco deles.

– Mas depois eu precisei sair em navegações bem diferentes e ficar longe de casa durante anos, em alto-mar – o velho marinheiro recordou.

– Ah, foi mesmo – a esposa concordou –, e como eu chorava por sua causa! Eu ficava pensando que você estava afogado no fundo do mar, com as ondas passando por cima. E tantas vezes eu levantava no meio da noite para ver se o cata-vento tinha mudado de direção; ele mudava bastante, mas você não voltava. Eu me lembro muito bem de um dia em que chovia torrencialmente, e o homem que recolhia o lixo veio até a casa onde eu estava trabalhando. Fui até ele levando o lixo e fiquei um instante junto à porta. O temporal estava terrível, e enquanto eu estava parada lá o carteiro chegou trazendo uma carta sua.

A esposa fez uma breve pausa e retomou:

– Ah, aquela carta tinha vindo de muito, muito longe! Eu abri com pressa e de qualquer jeito, e comecei a ler. Eu ria e chorava ao mesmo tempo, estava tão feliz. A carta dizia que você estava em um país quente e lindo, onde se plantava café, e descrevia várias coisas maravilhosas. Então lá estava eu parada lendo ao lado do lixo, a chuva caindo com força, quando de repente alguém chegou por trás e me abraçou pela cintura.

– Isso, e você me deu um tapa tão forte na cabeça que minhas orelhas zumbiram – completou o velho marinheiro.

– Ora, eu não sabia que era você – a esposa respondeu. – Você tinha chegado tão depressa quanto sua carta, e estava lindo, como, aliás, é lindo até hoje. Havia um grande lenço amarelo de seda no seu bolso e, na cabeça, um chapéu bem lustroso. Você estava muito elegante. E durante todo esse tempo chovia muito, e a rua estava escura e triste.

– E você se lembra – o marinheiro falou – de quando nos casamos e nasceu nosso primeiro menino, e depois dele a Marie, o Niels, o Peter e o Hans Christian?

– Claro que me lembro – respondeu ela. – E todos eles cresceram e se tornaram homens e mulheres muito respeitáveis, de quem todo mundo gosta.

– E agora os filhos deles também têm filhos, que são nossos bisnetos, crianças fortes e saudáveis também. Não foi mais ou menos nesta época do ano que nós nos casamos?

– Sim, foi nesta época, mais do que isso até: precisamente hoje faz cinquenta anos, são suas bodas de ouro – disse a Mãe do Sabugueiro, pondo a cabeça para fora, bem entre os dois idosos, mas eles acharam que era um vizinho acenando.

O casal se encarou e se deu as mãos. Logo chegaram os filhos e os netos, que sabiam que aquele era o dia das bodas. As crianças tinham cumprimentado o casal naquela mesma manhã, mas os idosos já tinham se esquecido, apesar de ainda se lembrarem com detalhes de coisas ocorridas muito tempo antes. A árvore de sabugueiro sorriu com doçura e o sol poente brilhou nos rostos do casal até que eles ficaram bem rosadinhos. O neto mais novo dançou alegremente ao redor deles, anunciou que à noite fariam uma grande festa e que haveria até salada de batatas. Então a Mãe do Sabugueiro acenou e gritou "Iupi!" com as crianças.

– Mas isso não é uma história – disse o menininho que estava escutando atentamente.

– Não até que você entenda – o senhor respondeu. – Mas vamos pedir que a Mãe do Sabugueiro explique.

– Não era exatamente uma história – disse a Mãe do Sabugueiro –, mas a história vem agora, e é verdadeira. Porque é da verdade que saem as histórias mais maravilhosas, assim como do bule saíram meus lindos ramos.

Então ela tirou o menininho da cama e o acomodou em seu colo, e os galhos floridos do sabugueiro se fecharam sobre ambos até parecer que eles estavam sentados em uma casinha de folhas, e essa casinha levantou voo e os fez voar do jeito mais delicioso.

A Mãe do Sabugueiro então se transformou em uma linda menina, mas o vestido dela ainda era do mesmo material verde, enfeitado com uma bainha de flores brancas de sabugueiro, igual ao vestido que a Mãe do Sabugueiro usava. Junto ao peito a jovem trazia uma flor de sabugueiro de verdade, e uma tiara com as mesmas flores estava entrelaçada em seus cachos dourados. Observar os grandes e lindos olhos azuis dela era uma delícia. Ela era da mesma idade do menino. Cada um deu um beijo no outro, e ambos estavam muito felizes.

Os dois saíram juntos da casinha de folhas, de mãos dadas, para um jardim florido que pertencia à casa onde eles moravam. A bengala do pai deles estava encostada em um canto. Para os pequenos, aquele bastão tinha vida: mal se acomodaram em cima e o topo da bengala se transformou em uma cabeça que relinchava e tinha uma crina negra e esvoaçante, enquanto do corpo surgiram quatro patas compridas e magras. A criatura era forte e cheia de ânimo, e saiu galopando com eles pelo gramado.

– Iupi! Agora nós vamos passear bem longe! – o menino disse. – Vamos galopar até a propriedade dos nobres, onde estivemos no ano passado.

Eles deram muitas e muitas voltas pelo gramado, e a menina, que, como sabemos, era a Mãe do Sabugueiro, ficava dizendo:

– Agora estamos no campo! Você está vendo a casa de fazenda, com o forno saindo da parede como se fosse um ovo gigante? Está vendo o sabugueiro espalhando os galhos por cima do forno? E lá está um galo ciscando entre as galinhas. Veja como ele anda todo empertigado!

E ela continuou:

– Agora estamos perto da igreja. Aqui está ela no alto da colina, sombreada pelos grandes carvalhos, um dos quais já está meio morto. E ali está a forja. Como o fogo arde! E os ferreiros, trabalhando com pouca roupa por causa do calor, golpeiam o ferro quente com o martelo de um jeito que faz as fagulhas voarem. Então, agora, vamos embora para a linda propriedade dos nobres!

O menino enxergava tudo o que a menina descrevia enquanto estava sentada atrás dele, na bengala do pai; o que ela dizia passava bem diante dos olhos dele, apesar de os dois estarem apenas cavalgando no gramado de casa. Eles pararam em um trecho lateral e recolheram terra para fazer um pequeno jardim. A menina tirou algumas flores de sabugueiro do cabelo e plantou. As flores brotaram e cresceram exatamente como aquelas que o casal mais velho havia plantado na juventude. Eles andaram de mãos dadas, também, como os mais velhos tinham feito quando crianças; porém, não foram até a torre redonda nem até os jardins de Fredericksburgo. A menina se segurou na cintura do menino e eles cavalgaram pelo país inteiro; às vezes era primavera, depois verão, em seguida outono e então inverno, enquanto milhares de imagens eram exibidas aos olhos e ao coração do menino. Durante todo o tempo, ela dizia a ele: "Nunca se esqueça de tudo isso", enquanto a árvore de sabugueiro exalava a mais doce fragrância.

Eles passaram por roseiras e faias, mas o perfume do sabugueiro era o mais forte de todos, pois as flores estavam penduradas junto ao coração da menina, onde ele, muitas vezes, encostava a cabeça durante o voo.

– Aqui é lindo na primavera – ela falou, enquanto eles estavam em um bosque de faias cobertas de folhas verdinhas e frescas, enquanto, a seus pés, o tomilho de doce aroma e a bela flor anêmona floresciam delicadamente em meio ao gramado. – Ah, é sempre primavera nos bosques das perfumadas faias!

– Aqui é uma delícia no verão – prosseguiu a menina.

Eles passaram diante de antigos castelos que contavam sobre tempos passados e observaram as muralhas altas e os frontões pontiagudos refletidos nas águas do rio lá embaixo, onde cisnes nadavam olhando para os caminhos verdejantes em terra. Nos campos, o milharal balançava para a frente e para trás, formando ondas como as do mar. Flores vermelhas e amarelas cresciam entre as ruínas, e os canteiros estavam repletos de lúpulo selvagem e de trepadeiras em flor. À noite, a lua cheia subiu, e os fardos de feno nas campinas encheram o ar com seu doce perfume. Essas cenas não deveriam ser esquecidas jamais.

– Aqui também é adorável no outono – a menina disse, e a cena mudou de novo.

Parecia que o céu estava mais alto e de uma tonalidade de azul ainda mais linda, enquanto a floresta brilhava em tons de vermelho, verde e dourado. Os cães saíram para caçar e grandes bandos de pássaros gritavam enquanto sobrevoavam os túmulos dos hunos, onde arbustos de amora se entrelaçavam em torno de velhas ruínas. O mar escuro estava pontilhado de velas brancas e, nos celeiros, senhoras, senhoritas e meninas debulhavam o lúpulo e o guardavam em uma grande tina. As mais jovens cantavam e as mais velhas contavam histórias de magos e feiticeiras. Nada poderia ser mais agradável do que tudo aquilo.

– De novo, aqui é incrível no inverno – continuou a menina.

Em um instante, todas as árvores ficaram cobertas de geada, branquinhas como se estivessem vestidas para se apresentar em um coral. A neve estalava sob os pés como se todo mundo estivesse calçando botas novas, e muitos flocos caíam um após o outro. Nas salas aquecidas, havia comemoração, alegria e árvores de Natal decoradas com presentes e velas. No campo, das casas de fazenda saíam sons de violino, e havia maçãs como prêmio de gincanas, de modo que até a criança mais pobre podia afirmar: "É muito bonito no inverno".

E muito bonitas, realmente, eram todas as cenas que a menina havia mostrado ao menino. Em volta deles, pairava sempre a fragrância da flor de sabugueiro; acima deles, tremulava sempre a bandeira vermelha com a cruz branca, sob a qual o velho marinheiro tinha navegado. O menino havia crescido, se transformado em um jovem e se tornado um marinheiro que navegou pelo mundo todo, até para países quentes onde se planta café. Ao se despedir, a menina tinha tirado uma flor de sabugueiro do peito e dado a ele, para que guardasse de recordação. Ele colocou a flor no livro de hinos religiosos. Sempre que abria o livro em terras estrangeiras, ele ia até a página em que a flor ficava; quanto mais olhava para ela, mais fresca ela parecia. Era como se, por assim dizer, ele pudesse sentir o perfume familiar dos bosques e ver a menina olhando para ele por entre as pétalas da flor, com aqueles lindos olhos azuis, e ouvi-la murmurando: "Aqui é lindo na primavera, e no verão, e no outono, e no inverno", enquanto centenas de imagens da casa cruzavam sua memória.

Muitos anos passaram, e agora ele era um senhor de bastante idade, sentado com a velha esposa sob uma árvore de sabugueiro totalmente florida. Eles estavam de mãos dadas exatamente como o bisavô e a bisavó tinham estado, e conversavam, como os bisavós também tinham conversado, sobre os tempos antigos e sobre as bodas de ouro. A menininha de olhos azuis, com flores de sabugueiro no cabelo, estava sentada na árvore e acenava para eles, dizendo: "Hoje são suas bodas de ouro".

De sua tiara ela retirou duas flores, beijou-as e elas brilharam, primeiro em tons prateados e, depois, em tons dourados; ela as depositou na cabeça dos mais velhos e cada flor se transformou em uma coroa de ouro. O casal estava sentado como um rei e uma rainha sob a árvore perfumada. O homem contou à querida esposa a história da Mãe do Sabugueiro, do mesmo jeito como tinha escutado quando era apenas um menininho, e os dois acharam que ela se parecia muito com a história deles próprios, especialmente nas partes de que eles gostavam mais.

– Então, é assim – disse a menininha na árvore. – Alguns me chamam de Mãe do Sabugueiro e outros de Dríade, mas meu verdadeiro nome é Memória. Sou eu que fico sentada na árvore enquanto ela cresce cada vez mais, sou eu que conheço o passado e posso contar muitas coisas. Deixem-me ver se vocês ainda têm aquela flor guardada.

Nesse momento, o velho marinheiro abriu o livro de hinos religiosos e lá estava a flor de sabugueiro, fresca como se tivesse acabado de ser guardada ali, e a Memória aprovou com um gesto de cabeça. Os dois idosos com suas coroas de ouro ficaram sentados sob a luz avermelhada do sol poente e fecharam os olhos e depois... A história acabou.

O menininho estava deitado na cama e não sabia muito bem se tinha sonhado ou ouvido uma história. O bule ainda estava na mesinha, mas nenhum sabugueiro estava se espalhando para fora dele, enquanto o vizinho que tinha de fato contado a história estava bem na porta, indo embora.

– Como isso tudo foi lindo! – o menininho exclamou. – Mamãe, eu estive em países quentes.

– Eu acredito – respondeu a mãe. – Quando uma pessoa bebe duas xícaras cheias de chá de flor de sabugueiro, pode muito bem visitar países quentes – então ela cobriu o filho, para que ele não se resfriasse. – Você dormiu bastante, enquanto eu debatia com o nosso vizinho se aquela história era real ou um conto de fadas.

– E onde está a Mãe do Sabugueiro, mamãe? – o menino quis saber.

– Ela está no bule, querido – respondeu a mãe. – E é lá que deve ficar.

A MARGARIDA

Agora ouça. No interior, na beira de uma estrada, havia uma casa muito simpática; sem dúvida você já viu muitas como ela. Na frente, há um pequeno jardim cercado, repleto de flores desabrochadas. Do lado de fora, perto da cerca viva, uma margarida estava crescendo na grama macia e verdinha. O Sol brilhava tão forte e quente sobre ela quanto sobre as belas e grandes flores do jardim, de forma que a margarida se desenvolvia a olhos vistos. Todas as manhãs ela desenrolava suas pequenas pétalas brancas, que eram como raios de luz em volta de seu miolo dourado. Ela nunca parecia pensar que era invisível lá embaixo na grama, ou que era uma pobre e insignificante florzinha, pois era feliz demais para se importar com isso. Muito contente ela se voltava na direção do Sol, olhava para o céu azul e escutava as cotovias cantando bem alto no ar.

Certo dia, a pequena flor estava alegre como se fosse feriado, apesar de ser uma simples segunda-feira. Todas as crianças estavam na escola, e, enquanto elas sentavam em carteiras para aprender com os livros, a margarida, em seu pequeno caule, também aprendia, com o calor do Sol e de tudo ao redor, sobre a bondade de Deus, e ficava feliz por ouvir a cotovia transformar em música os próprios sentimentos de gratidão. A flor admirava a ave feliz, capaz de gorjeios tão doces e de voos tão altos, e não ficava nem um pouquinho triste por não poder fazer a mesma coisa.

"Eu enxergo e escuto", ela pensava; "o Sol brilha em cima de mim e o vento me beija; do que mais eu preciso para ser feliz?".

Cresciam no jardim diversas flores nobres; quanto menos perfume tinham, mais elas se exibiam. As peônias se achavam muito importantes por serem bem grandes e se estufavam para ficar maiores do que as rosas. As tulipas sabiam que tinham lindas cores e se empertigavam para aparecer mais.

Essas flores não notavam a pequena margarida lá fora, mas ela olhava para as outras e pensava: "Como são bonitas e preciosas! Não me admira que os pássaros voem até quase o chão para visitá-las. Sou muito grata por crescer tão pertinho delas e poder admirar toda essa beleza".

Bem nesse momento, a cotovia voou para baixo trinando "piu-piu", mas não foi em direção às peônias e tulipas altas; ela desceu até a grama, perto da modesta margarida. Ela tremia de alegria e nem sabia o que pensar. O pássaro deu uns pulinhos em volta dela e cantou:

Que gramado bem nutrido
E que adorável florzinha
Que tem ouro no coração
E prata em seu vestido!

Pois o centro amarelo da margarida parecia ouro e as folhas ao redor dele eram de um branco resplandecente como prata.

A alegria que a margarida sentiu ninguém poderia descrever. O pássaro lhe deu um beijo, cantou para ela e depois voou para o alto de novo, em direção ao profundo céu azul. Pelo menos um quarto de hora se passou antes que a margarida conseguisse se recuperar. Meio encabulada, mas ainda assim bem feliz, ela olhou discretamente para as outras flores; elas decerto tinham visto a grande honra que a margarida havia recebido e compreendiam o encantamento e o prazer que ela estava sentindo.

Mas as tulipas pareciam mais arrogantes do que nunca; de fato, elas ficaram claramente aborrecidas com o que tinha acontecido. As peônias se sentiram enojadas e, se pudessem falar, sem dúvida dariam uma bronca nela. A margarida ficou muito triste ao ver como todas estavam irritadas.

Nesse momento, entrou no jardim uma mocinha trazendo na mão uma faca enorme e faiscante. Ela foi direto até as tulipas e cortou várias delas.

– Oh, meu Deus! Que horror! Está tudo acabado para elas agora.

A mocinha levou as tulipas embora e a margarida ficou muito aliviada por crescer na grama do lado de fora, e por ser apenas uma flor humilde. Quando o Sol se pôs, ela recolheu as pétalas e foi dormir. Ela sonhou a noite toda com o calor do Sol e com a bela cotovia.

Na manhã seguinte, ela estendeu alegremente as pétalas brancas mais uma vez, para absorver o ar morno e a luz, e reconheceu a voz do pássaro; mas o canto dele soava muito triste.

Coitado, ele bem tinha razão para estar melancólico: tinha sido capturado e feito prisioneiro em uma gaiola pendurada junto a uma janela aberta. Ele cantava sobre a época feliz em que podia voar pelos ares livre, leve e solto; sobre os milharais verdes nos campos, de onde ele levantava voo para entoar sua canção gloriosa; agora, porém, estava preso em uma gaiola.

A pequena margarida queria muito ajudar a cotovia, mas o que ela poderia fazer? Em sua aflição, acabou se esquecendo totalmente das coisas bonitas que a cercavam, do calor do Sol e das próprias pétalas brancas e brilhantes. Coitadinha, ela não conseguia pensar em nada que não fosse o passarinho capturado e a própria incapacidade de ajudá-lo.

Dois meninos saíram do jardim; um deles estava carregando uma faca parecida com aquela que a mocinha tinha usado para cortar as tulipas. Eles foram direto até a margarida, que não podia imaginar o que os dois estavam prestes a fazer.

– Nós podemos cortar um pedaço de relva para a cotovia aqui – um deles falou e começou a cortar um pedaço quadrado em volta da margarida, de modo que ela ficou bem no meio.

– Arranca a flor – falou o outro menino.

Ao ouvir isso, a margarida começou a tremer de medo, pois arrancá-la destruiria sua vida, e ela desejava muito viver e ser levada até o passarinho preso na gaiola.

– Não, deixa a flor aí – respondeu o primeiro –, ela é tão bonita.

De modo que a margarida ficou, e foi posta com o pedaço de relva dentro da gaiola da cotovia. O pobre passarinho reclamava muito alto da perda de sua liberdade e batia as asas contra as barras de ferro da prisão. A pequena margarida não conseguia fazer nenhum sinal nem verbalizar nenhuma palavra de conforto, como era seu desejo. A manhã inteira se passou desse jeito.

– Não tem uma gota de água aqui – disse a cotovia capturada. – Eles todos saíram e se esqueceram de me dar alguma coisa para beber. Minha garganta está quente e seca, sinto como se tivesse fogo e gelo dentro do corpo, e o ar está tão pesado. Pobre de mim, eu vou morrer! Preciso me despedir do Sol quentinho, da grama verdinha e de todas as coisas lindas que Deus criou.

Em seguida, ele enfiou o bico no pedaço de relva, para se refrescar um pouco com a grama fresca, e, ao fazer isso, seus olhos caíram sobre a margarida. O passarinho acenou para ela e lhe deu um beijo, e então disse:

– Você também vai definhar aqui, pobre florzinha! Eles deram você para mim, com esse pedacinho de grama onde você cresce, em troca do mundo inteiro que era meu lá fora. Cada folhinha de grama é para mim uma grande árvore, e cada uma de suas pétalas é como uma flor completa. Ah, sua presença aqui só demonstra tudo o que perdi.

"Ah, se eu pelo menos pudesse consolar a cotovia!", a margarida pensava, mas não conseguia mexer nem uma pétala. O perfume da margarida era mais forte do que o normal nesse tipo de flor, e o passarinho percebeu, mas, apesar de estar quase desmaiando de sede e de ter puxado as folhinhas da grama em seu sofrimento, não tocou nela.

A noite chegou, mas não veio ninguém para levar ao pássaro uma gota de água. Ele então abriu suas belas asas e balançou agitadamente; ele só conseguia piar bem fraquinho e em um tom muito triste. Sua pequena cabeça tombou em direção à flor; o coração dele estava despedaçado de fraqueza e desânimo. Com a cabeça dele apoiada em si, a flor não conseguiu recolher as pétalas, como tinha feito na noite anterior, antes de ir dormir; triste e doente, ela caiu na relva.

Os meninos só apareceram de manhã; quando encontraram a cotovia sem vida, choraram rios de lágrimas amargas. Cavaram uma sepultura caprichada, decoraram com folhas e flores, colocaram o corpinho em uma bonita caixa vermelha e o enterraram com grande solenidade.

Pobre passarinho! Quando ele estava vivo e podia cantar, os meninos o abandonaram e permitiram que ele ficasse preso em uma gaiola passando todo tipo de necessidade, mas, agora que estava morto, choravam e o enterravam com muitas honrarias.

O pedaço de relva onde a margarida estava foi atirado para fora da janela e caiu no meio da estrada. Ninguém pensou na florzinha que tinha sofrido pelo pássaro muito mais do que qualquer um e que teria ficado tão feliz de oferecer a ele ajuda e consolo, se tivesse podido.

A PASTORA E O ESCOVÃO DE CHAMINÉS

Vocês alguma vez já viram um velho armário de madeira bem gasto e escurecido pelo tempo, decorado com todo tipo de flores e figuras entalhadas?

Pois havia um desses armários em determinada sala. Tinha sido herdado da bisavó e era esculpido de alto a baixo com rosas e tulipas. Flores mais raras também estavam representadas e do meio delas saíam pequenas cabeças de cervos, com suas galhadas em zigue-zague. Na porta deste armário tinha sido esculpido um homem de corpo inteiro; era uma figura ridícula, com uma careta estranha e engraçada que não podia ser chamada de riso nem sorriso. Além disso, tinha pernas tortas, chifres saindo da testa e uma barba bem comprida.

As crianças costumavam chamá-lo de "general-major-sargento-cabo-marechal-do-campo-perna-de-bode", um nome comprido e muito difícil de pronunciar. Há bem poucos, sejam de madeira ou de pedra, que recebem um título desses. Com certeza, o trabalho de entalhar aquela figura na madeira não tinha sido nada fácil. Entretanto, lá estava ele. Seus olhos miravam fixamente uma mesa abaixo de um espelho, pois nesta mesa ficava uma linda pastora feita de porcelana, envolvida graciosamente por um manto que se fechava com uma rosa vermelha; os sapatinhos e o chapéu eram dourados e na mão ela trazia um cajado de pastoreio. A pastora era adorável e ao lado dela ficava um pequeno escovão de chaminé, também de porcelana. Ele era tão limpo e arrumadinho quanto qualquer outra figura. Na verdade, poderia ser tanto um escovão quanto um príncipe, porque era só de faz de conta, embora em todos os outros lugares ele fosse preto feito carvão, o rosto redondo e brilhante era fresco e rosado como o de uma menina. Isso certamente era uma falha; ele deveria ser preto por inteiro.

Lá ficava ele, todo bonito, segurando a escada de limpar a chaminé, bem próximo da pastora. Desde o início, ele tinha sido colocado ali e sempre permanecera no mesmo lugar e eles haviam prometido fidelidade um ao outro. O escovão e a pastora combinavam perfeitamente: eram ambos jovens, ambos do mesmo tipo de porcelana e ambos igualmente frágeis.

Bem perto deles, ficava uma figura três vezes maior do que eles. Era um velho chinês, um mandarim, que conseguia mexer a cabeça, também era de porcelana e se dizia avô da pastora, mas não fornecia provas do que afirmava. Ele insistia em dizer que tinha autoridade sobre ela e, por isso, quando o general-major-sargento-cabo-marechal-do-campo-perna-de-bode pediu a pequena pastora em casamento, ele abanou a cabeça em sinal de consentimento.

– Você terá um marido – o velho mandarim disse a ela. – Um marido que, creio profundamente, é feito de mogno, uma madeira muito nobre. Você será a esposa de um general-major-sargento-cabo-marechal-do-campo, de um homem que possui um armário cheio de pratarias, além de um estoque de ninguém sabe o quê nas gavetas secretas.

– Eu nunca vou me aproximar daquele armário sombrio – a pastorinha declarou. – Já ouvi dizer que há onze damas de porcelana aprisionadas lá dentro.

– Então você será a décima segunda e estará em boa companhia – retrucou o mandarim. – Hoje mesmo, à noite, quando o armário ranger, iremos realizar a cerimônia, tão certo quanto eu sou um mandarim chinês – e, dizendo isso, ele acenou com a cabeça e adormeceu.

A pastora chorou e se virou para o amor de sua vida, o pequeno escovão de chaminé.

– Temo ser obrigada a lhe pedir que fuja pelo mundo comigo, pois aqui não será possível ficarmos.

– Farei qualquer coisa que você quiser – respondeu o escovão. – Vamos embora de uma vez. Tenho certeza de que conseguirei sustentar nós dois com o meu trabalho.

– Se pelo menos não estivéssemos em cima desta mesa – ela lamentou. – Eu não vou me sentir segura até estar bem longe daqui, livre no mundo.

O pequeno escovão consolou a pequena pastora e mostrou a ela como encaixar o pé nos cantos esculpidos e depois no revestimento dourado que recobria a perna da mesa, até que por fim ambos chegaram ao chão. Porém, ao lançar um último olhar para o armário, eles viram que tudo estava em polvorosa. Os cervos espichavam a cabeça bem mais para fora do que de costume, erguiam as galhadas e moviam os pescoços, enquanto o general-major-sargento-cabo-marechal-do-campo-perna-de-bode pulava e berrava para o velho mandarim chinês:

– Veja! Eles estão se evadindo, vão fugir para se casar!

A pastora e o escovão não ficaram nem um pouquinho assustados com isso e depressa saltaram para dentro de um gaveteiro sob a janela.

Lá estavam três ou quatro pacotes de baralho não muito completos, e um pequeno teatro de marionetes, montado tão bem quanto possível. Uma peça estava sendo encenada; todas as rainhas estavam sentadas na fileira da frente e se abanavam com as flores que seguravam enquanto atrás ficavam os valetes, cada um com duas cabeças, uma em cima e outra embaixo, como cartas de baralho costumam ter. A peça era sobre duas pessoas que não tinham permissão para se casar, então a pastorinha chorou, pois a história se parecia muito com a dela.

– Não consigo suportar isso – disse ela choramingando. – Vamos sair desta gaveta.

No entanto, quando mais uma vez estava no chão, ela olhou para cima e viu que o velho mandarim chinês tinha acordado e que estava se balançando para a frente e para trás de raiva.

– O velho mandarim está vindo! – ela gritou, e de tanto susto e medo caiu de joelhos.

– Tenho um plano – disse o escovão de chaminés. – Que tal entrarmos na jarra perfumada, a vasilha com as folhas cheirosas, ali no canto? Lá podemos descansar em pétalas de rosa e lavanda e se ele chegar perto, podemos atirar sal nos seus olhos.

– Isso não vai bastar de jeito nenhum – ela respondeu. – Além do mais, eu sei que o velho mandarim e a vasilha já foram noivos e alguma amizade com certeza ainda resta entre eles. Não, não tem saída, precisamos fugir juntos para o vasto mundo.

– Você tem mesmo coragem de sair pelo mundo comigo? – o escovão perguntou. – Tem ideia de como o mundo é grande, e sabe que, se sairmos, nunca poderemos voltar?

– Sim – ela respondeu.

O escovão olhou bem sério para ela e disse:

– Minha rota de fuga é pela chaminé. Você tem realmente coragem de passar comigo através do forno, subir pelo encanamento e enfrentar o túnel? Eu conheço bem o caminho; sairemos pela chaminé e eu saberei o que fazer. Estaremos tão alto que eles nunca conseguirão nos alcançar e no topo da chaminé há uma abertura que desemboca no mundão lá fora.

E assim ele a conduziu até a porta do forno.

– Oh, como é escuro! – ela comentou, mas ainda assim o seguiu, cruzou o forno, a tubulação e o túnel, onde ficou escuro feito piche.

– Agora estamos na chaminé – disse o escovão. – Veja que estrela adorável brilha acima de nós.

E, de fato, uma estrela brilhava exatamente acima deles, no céu, como se desejasse indicar o caminho. Eles escalavam e se arrastavam, e que percurso aterrorizante era aquele, tão íngreme e alto! Entretanto ele ia na frente, guiando a pastora e suavizando o trajeto tanto quanto possível, mostrava a ela os melhores lugares onde encaixar os delicados pezinhos de porcelana, até que por fim atingiram a beira da chaminé e sentaram para descansar, pois estavam exaustos, como vocês bem podem imaginar.

Acima deles estavam o céu com todas as suas estrelas; abaixo, a cidades com todos os seus telhados, eles olharam em volta para o imenso e vasto mundo. Não era nada como a pobre pastorinha havia imaginado, e ela encostou a cabeça no ombro do escovão e chorou tão amargamente que fez sumir todo o dourado de sua roupa.

– Isto é demais pra mim – ela disse –, é mais do que consigo aguentar. O mundo é gigantesco! Gostaria que estivéssemos de volta à segurança da pequena mesa sob o espelho. Nunca serei feliz até que esteja lá novamente. Eu segui você até o grande mundo selvagem. Com certeza, se você realmente me ama, vai voltar comigo.

O escovão tentou argumentar, lembrando a ela do velho mandarim e do general-major-sargento-cabo-marechal-do-campo-perna-de-bode, mas ela chorava tanto e o cobria de beijinhos tão carinhosos, que ele não teve alternativa senão fazer o que ela desejava, por mais que aquilo fosse uma tolice.

Então, eles desceram a chaminé, superando as maiores dificuldades, arrastaram-se pela tubulação e cruzaram o forno; lá, pararam para ouvir atrás da porta, tentando descobrir o que poderia estar acontecendo na sala.

Tudo estava em silêncio e eles deram uma espiadinha. Ah, não! Eis que no chão estava o velho mandarim. Tinha caído da mesa em sua tentativa de perseguir os fugitivos e estava quebrado em três pedaços. As costas haviam se separado do resto e a cabeça tinha rolado para um canto. O general-major-sargento-cabo-marechal-do-campo-perna-de--bode estava onde sempre tinha estado e refletia sobre o que acabara de acontecer.

– Isto é absolutamente chocante! – exclamou a pequena pastora. – Meu avô está partido em pedaços e nós somos os culpados – ela retorcia as mãozinhas.

– Dá para consertar – respondeu o escovão. – Com certeza ele pode ser emendado. Não se lastime tanto. Se colarem as costas de volta e puserem um remendo no pescoço, ele vai ficar como novo e será capaz de nos dizer as mesmas coisas desagradáveis de sempre.

– Você acha mesmo?

Eles subiram de volta ao lugar onde ficavam antes.

– Para ir até o ponto aonde chegamos e depois voltar, nem valia o trabalho de partir – o escovão observou.

– Espero que meu avô seja consertado – a pastorinha falou. – Será que vai ficar muito caro?

Remendado ele foi. A família providenciou para que as costas e o pescoço fossem colados e ele ficou como novo e a diferença era que não podia mais acenar com a cabeça.

– Você ficou orgulhoso desde que se partiu – o general-major-sargento-cabo-marechal-do-campo-perna-de-bode comentou –, mas de minha parte devo dizer que não vejo motivo para se orgulhar. Então, vou recebê-la em casamento ou não? Só me responda isso.

O escovão de chaminé e a pastora olharam para o velho mandarim com grande expectativa. Estavam com muito medo de que ele acenasse com a cabeça, mas ele não conseguia mais e teria achado indigno confessar que estava imobilizado por um remendo no pescoço. Então o casal de porcelana ficou junto, abençoaram a cola no pescoço do avô e se amaram até que eles próprios, muito tempo depois, também se quebraram em pedaços.

A PATA PORTUGUESA

Certa vez, uma pata chegou de Portugal. Alguns diziam que ela vinha da Espanha, mas isso é quase a mesma coisa. Seja como for, ela foi chamada de pata portuguesa, botou ovos, foi morta e assada e aqui acaba a história dela.

Os patinhos que saíram dos ovos dela também foram chamados de patos portugueses, mas isso é discutível. De toda a família, apenas uma patinha ficou no pátio dos patos, que bem pode ser chamado de pátio dos bichos, já que galinhas podiam entrar lá e havia também um galo, que ciscava de um lado para o outro de um jeito bem antipático.

— Ele me incomoda cocoricando tão alto — reclamou a pata portuguesa. — Mesmo assim, ainda que ele não seja um pato, é uma bela ave, quanto a isso não há dúvida. Ele só deveria controlar a voz, como aqueles passarinhos que estão cantando nos limoeiros ali no jardim do vizinho; mas esse tipo de discrição só se conquista em uma sociedade refinada. Como cantam belamente, que prazer é ouvir esses passarinhos! Chamo isso de canto português. Se pelo menos eu tivesse um desses passarinhos cantadores, ah, eu o trataria tão bem como se fosse a mãe dele; é da minha natureza portuguesa.

Enquanto ela estava falando, um dos passarinhos cantantes despencou aos trambolhões do telhado até o pátio. A gata estava perseguindo o coitado e, na fuga, ele havia quebrado uma asa e, por isso, caído estatelado no pátio.

– Isso é bem a cara da gata; ela é muito má – disse a pata portuguesa. – Eu bem me lembro do que ela fez quando tive meus filhos. Como podem permitir que uma criatura destas viva e ande livremente sobre os telhados? Acho que em Portugal isso não é permitido.

Ela ficou com dó do passarinho canoro e os demais patos também, mesmo não sendo portugueses.

– Coitadinho – eles disseram, um após o outro, conforme iam chegando. – Não sabemos cantar, isso é verdade, mas temos dentro de nós uma caixa de ressonância, ou qualquer coisa parecida com isso, apesar de não comentarmos a respeito.

– Mas eu sei falar – disse a pata portuguesa. – Vou fazer alguma coisa para ajudar o rapazinho; é meu dever.

Daí ela entrou no bebedouro e começou a bater as asas na superfície da água; pôs tanta força nos movimentos que os borrifos quase afogaram o passarinho, mas intenção foi boa.

– Isto foi uma boa ação que fiz – ela falou. – Espero que os demais sigam meu exemplo.

– Piu, piu – respondeu o passarinho, que, por causa da asa quebrada, tinha dificuldade de se chacoalhar; ele havia percebido claramente que seu quase afogamento era bem-intencionado, então disse: – Obrigado, a senhora tem um coração muito bondoso – mas preferiu não receber um segundo banho dos demais.

– Eu nunca pensei sobre o meu coração – respondeu a pata portuguesa. – Mas eu sei que amo todas as criaturas, exceto a gata e ninguém pode esperar que eu goste dela também, pois ela comeu dois dos meus filhotes. Porém fique à vontade, passarinho, faça como se estivesse na sua casa. Eu mesma sou de um país estrangeiro, como você pode ver pelos meus bons modos e pelo meu vestido de penas. Meu marido é daqui mesmo; não é da minha raça, mas eu não fico me exibindo por causa disso. Se tem alguém aqui capaz de entender você, este alguém sou eu, posso garantir.

– Ela é ótima em "portuquac" – comentou um dos patos, que era muito inteligente.

Os demais patos acharam que "portuquac" era uma piada ótima, porque soava parecido com português. Eles concordaram com a cabeça e disseram:

– Quac, essa foi boa!

Foi quando todos os outros patos repararam no recém-chegado.

– A pata portuguesa tem muita facilidade para línguas – eles disseram para o passarinho. – De nossa parte, não damos muita importância para esses discursos compridos, mas simpatizamos com você da mesma forma. Se não estivermos fazendo outra coisa, podemos passear com você por aí e isso é o melhor que podemos oferecer.

– Você tem uma linda voz – disse um dos patos mais velhos. – Deve ser uma grande satisfação, para você, ser capaz de proporcionar tanto prazer. Eu não saberia julgar sua afinação, então fico de bico calado, o que é melhor do que ficar por aí falando bobagem, como uns e outros.

– Para de incomodar o pequeno – a pata portuguesa interrompeu. – Ele precisa de descanso e cuidados. Meu querido passarinho cantador, quer que eu prepare mais um banho pra você?

– Ah, não! Por favor, deixe-me ficar seco – o passarinho implorou.

– A água é a única cura para mim quando não estou me sentindo bem – contou a pata portuguesa. – A diversão também é muito benéfica. As aves das redondezas virão visitar você muito em breve. Entre elas há duas galinhas chinesas, as Cochinchinas; elas têm penas nas pernas e são muito educadas. Foram trazidas de muito longe e por isso eu dedico a elas mais respeito do que às demais.

Então as visitas chegaram e o galo ao menos teve a boa educação de não se comportar mal.

– Você é um pássaro canoro de verdade – ele falou – e faz com sua vozinha fina tanto quanto é possível fazer. Porém, mais barulho e escândalo são necessários quando se quer que os outros saibam quem você é.

As duas Cochinchinas ficaram absolutamente maravilhadas com a aparência do passarinho cantor. As penas dele tinham ficado muito bagunçadas por causa do banho e por isso ele pareceu a elas ser uma pequena ave chinesa também.

– Ele é encantador – elas comentaram entre si e começaram a conversar com ele cochichando, usando o mais refinado dialeto chinês.

– Nós somos da mesma raça que você – elas falaram. – Os patos, mesmo a pata portuguesa, são aves aquáticas, como você deve ter percebido. Você ainda não nos conhece; bem poucos, mesmo entre as aves, nos conhecem, ou se dão o trabalho de se aproximar, apesar de nós termos nascido para ocupar na sociedade uma posição mais alta do que a maioria deles. Entretanto isso não nos incomoda, nós simplesmente passamos por eles e seguimos nosso rumo. As ideias que eles têm certamente não são as nossas, pois nós olhamos para o lado positivo das coisas e só falamos sobre o que é bom, embora isso seja difícil porque às vezes não se encontra nada de bom em certos lugares. Exceto nós mesmas e o galo, não há ninguém neste pátio que possa ser chamado de talentoso nem de educado, nem mesmo os patos. Estamos avisando, passarinho, não confie naquela ali, com o rabo emplumado mais curto, pois ela é metida a espertinha. E aquela outra, com estranhas listras tortas nas asas, é uma causadora de confusão e não deixa ninguém ter a última palavra, mesmo ela estando sempre errada. O pato rechonchudo ali mais adiante fala mal de todo mundo e isso vai contra os nossos princípios; se não temos nada de favorável a dizer, fechamos o bico. A pata portuguesa é a única que tem educação e com quem conseguimos conversar, mas ela é um pouco descuidada e fala demais sobre Portugal.

– Eu queria saber o que tanto aquelas duas Cochinchinas cochicham – cochichou um pato para o outro. – Elas sempre fazem algo assim e isso me irrita. Nós nunca conversamos com elas.

Eis que chega o marreco, olha para o passarinho cantor e pensa que é um pardal.

– Bem, eu não vejo qual é a diferença – ele diz. – Para mim, são todos iguais. Ele é só um brinquedinho, e se as pessoas querem ter coisas para brincar, ora, que tenham, é o que eu digo.

– Não ligue para o que ele diz – a pata portuguesa murmurou para o passarinho. – Ele é ótimo em questões de trabalho, e para ele o trabalho vem antes de tudo. Agora eu vou deitar e tirar uma soneca. É uma coisa que devemos a nós mesmos, para estarmos bem gordinhos quando formos transformados em conserva, com sálvia, cebolas e maçãs.

Em seguida, ela se deitou ao sol e piscou com um olho só. Ela possuía um lugar muito confortável e estava totalmente à vontade, então logo caiu no sono. O passarinho cantador se ocupou por algum tempo da asa machucada, mas no fim se deitou também, bem perto de sua protetora. O sol brilhava e estava bem morninho, e ele se acomodou muito bem. Enquanto isso, as aves do entorno continuavam bem acordadas porque, para dizer a verdade, elas só tinham ido fazer a visita para procurar comida no terreno vizinho. As Cochinchinas foram as primeiras a partir, e as demais logo foram embora também.

O pato inteligente falou, a respeito da pata portuguesa, que "a velha senhora" andava fazendo muitas patacoadas. Os demais riram muito desse jogo de palavras e ficaram repetindo:

– Patacoada, patacoada, ah, que engraçado! – depois, repetiram a piada do "portuquac" e reforçaram que trocadilhos eram muito divertidos e depois, deitaram para cochilar.

Eles estavam dormindo já fazia algum tempo, quando de repente algo foi jogado para que comessem. A coisa caiu com tamanho estrondo que todos acordaram e começaram a bater as asas. A pata portuguesa também despertou e foi correndo para o lado oposto do pátio. Ao fazer isso, ela tropeçou no passarinho.

– Pio, ai! – ele gritou. – Pisou muito forte em mim, senhora.

– Quem mandou ficar no caminho? – ela retrucou. – Não seja tão mimado. Eu também tenho cá os meus problemas, mas nem por isso fico reclamando.

– Não fique brava – o passarinho pediu. – O "ai" escapou do meu bico sem eu perceber.

A pata portuguesa nem escutou, pois estava comendo o mais depressa que conseguia, e assim garantiu uma boa refeição. Quando terminou, ela voltou a se deitar, e o passarinho, querendo ser agradável, começou a cantar:

Eu chilreio e gorjeio,
Eu embalo o sono alheio.

E durante a primavera,
Superada a noite severa,
Vou cantar com a maior doçura,
E todos esquecerão a amargura.

– Eu quero descansar após ter jantado – disse a pata portuguesa. – Enquanto você estiver aqui, precisa seguir as regras do lugar. Agora eu quero dormir.

O passarinho ficou muito surpreso, pois sua intenção era a melhor. Quando a senhora despertou pouco depois, ele se pôs na frente dela com um pequeno grão de milho que havia encontrado e o depositou a seus pés, mas ela havia dormido mal e estava de mau humor.

– Dê isso para alguma galinha – ela falou –, e não fique o tempo todo no meio do caminho.

– Por que a senhora está brava comigo? – o passarinho cantador quis saber. – O que foi que eu fiz?

– O que você fez?! Você não tem muita educação ao falar, preciso chamar sua atenção para esse fato.

– Ontem fez sol aqui – o passarinho mudou de assunto –, mas hoje está nublado e o ar está pesado.

– Você sabe bem pouco sobre o clima – ela retorquiu. – O dia não acabou ainda. Não fique aí parado com essa cara de bobo.

– É que a senhora está olhando para mim do mesmo jeito que os olhos malvados me olharam quando eu caí no pátio ontem.

– Seu malcriado! – a pata portuguesa exclamou. – Como tem coragem de me comparar à gata, aquela caçadora de presas? Não há uma só gota de maldade no meu sangue. Eu fiquei do seu lado e agora vou lhe ensinar boas maneiras – e, dizendo isso, ela deu uma pequena bicada na cabeça do passarinho cantor, e ele caiu morto no chão. – Mas o que significa isso? – a pata portuguesa falou. – Será que ele não aguenta nem uma bicadinha pequenininha, como eu dei? Bom, se é assim, ele não era feito para sobreviver neste mundo. Eu fui uma mãe para ele, sei disso, pois tenho um coração bondoso.

O galo do quintal vizinho esticou o pescoço e começou a cocoricar com a força de um barco a vapor.

– Você vai me matar com essa sua gritaria – ela gritou. – É tudo culpa sua. Ele perdeu a vida e eu estou bem perto de perder a minha.

– Não sobrou muito dele, pelo que vejo ali no chão – o galo observou.

– Mais respeito ao falar dele! Ele tinha boas maneiras e educação. Além do mais, sabia cantar. Era afetuoso e gentil e essas são qualidades tão raras em animais quanto naqueles que se chamam de seres humanos.

Todos os patos se reuniram ao redor do passarinho morto. Patos têm sentimentos fortes, seja inveja ou piedade. Não havia nada a ser invejado ali, portanto, todos demonstraram muita piedade. As duas Cochinchinas também.

– Nunca mais teremos um passarinho canoro como este entre nós; ele era quase chinês – elas falaram, cochichando, para em seguida chorar cacarejando alto, tão alto que as demais aves começaram a chorar cacarejando também. Patos não cacarejam, mas, após o ocorrido, vagaram por ali com os olhos vermelhos.

– Nós também temos coração – eles disseram. – Ninguém pode negar isso.

– Coração! – a pata portuguesa repetiu. – Vocês têm mesmo e é quase tão bondoso quanto o dos patos portugueses.

– Vamos pensar em arranjar algo para matar a fome – propôs o marreco. – Esse é o trabalho mais importante. Se um dos nossos brinquedos quebra, ora, qual o problema, temos muitos outros.

A PEQUENA SEREIA

No meio do oceano, onde a água é azul como a mais bela escovinha e límpida como cristal, a profundidade é enorme. Ali, o mar é tão, mas tão profundo que nenhuma âncora chega e muitas torres de igreja precisariam ser empilhadas para atingir a superfície. É ali que vivem o Rei do Mar e seus súditos.

Não devemos imaginar que no fundo do mar só existe areia amarela e mais nada. Não, porque, de fato, desta areia brotam as mais extraordinárias flores e plantas, com folhas e caules tão flexíveis que a mais leve agitação das águas faz com que elas se mexam como se tivessem vida. Peixes, tanto grandes quanto pequenos, deslizam por entre os galhos como, aqui em cima, em terra, os pássaros voam por entre as árvores.

No local mais profundo, fica o castelo do Rei do Mar. As paredes são de coral e as grandes janelas góticas são feitas do mais puro âmbar. O telhado é formado por conchas que se abrem e fecham conforme a água passa por elas. Essas conchas são esplêndidas, pois dentro de cada uma reluz uma pérola tão perfeita que poderia estar na coroa de uma rainha.

Fazia muitos anos que o Rei do Mar era viúvo e sua mãe idosa era quem cuidava do castelo para ele. Ela era uma mulher sensata, porém demasiado orgulhosa de suas raízes e por isso trazia doze ostras na cauda, enquanto outras pessoas de origem nobre só tinham permissão para usar seis.

CONTOS DE FADAS DE ANDERSEN

Apesar disso, ela merecia todo o reconhecimento, em especial pelo cuidado às pequenas princesas do mar, suas seis netinhas. Elas eram crianças lindas, mas a caçula era a mais bonita de todas. Tinha a pele clara e delicada como uma pétala de rosa e os olhos azuis como o mar profundo; como suas cinco irmãs, ela também não tinha pés: o corpo terminava em um rabo de peixe. Durante o dia inteiro, elas brincavam pelos grandes salões do castelo, ou no meio das flores que cresciam para além das paredes. Quando as amplas janelas de âmbar estavam abertas, os peixes nadavam lá para dentro, assim como as andorinhas voam para dentro de nossas casas quando abrimos a janela; a diferença é que os peixes nadavam até as princesas, comiam de suas mãos e permitiam que elas fizessem carinho neles.

Fora do castelo havia um belo jardim, onde cresciam flores azul-escuras e de um vermelho vivo, que desabrochavam como labaredas de fogo; os frutos brilhavam como ouro e as folhas e caules se moviam o tempo todo, com suavidade, para a frente e para trás. A terra era da mais fina areia, mas azul como as chamas da queima do enxofre. Acima de tudo e todos pairava um singular esplendor azulado, como se em todos os lados, em cima e embaixo, estivesse o céu azul, e não as profundezas marinhas. Em dias de tempo bom, era possível ver o sol, que ali do fundo parecia uma flor púrpura com luz saindo do centro.

Cada uma das jovens princesas tinha um pedaço do jardim, onde podia plantar o que quisesse. Uma modelou o canteiro na forma de uma baleia; outra preferiu construir um que imitava uma pequena sereia; a mais nova fez o dela redondo como o sol, e nele cresciam flores tão vermelhas quanto os raios no pôr do sol.

Ela era uma criança diferente, tranquila e pensativa. Enquanto as irmãs se deliciavam com as coisas maravilhosas que pegavam nos navios naufragados, ela só se importava com suas belas flores, rubras como o sol e com uma linda estátua de mármore. Essa estátua, que representava um menino muito bonito, esculpido em pura rocha branca, tinha caído de um navio naufragado e atingido o fundo do mar.

Ao lado dessa estátua, ela plantou um salgueiro-chorão. Ele cresceu depressa e logo seus galhos pendiam sobre a estátua até quase chegar ao chão. As sombras eram cor de violeta e ondulavam como os galhos, de um jeito que parecia que o topo da árvore e suas raízes estavam brincando, tentando se beijar.

Nada dava à jovem princesa mais prazer do que ouvir histórias sobre o mundo acima do mar. Ela fazia a avó contar e recontar tudo o que sabia sobre os navios e as cidades, as pessoas e os animais. Para ela, era uma delícia ouvir que as flores de terra firme tinham perfume, enquanto as da água não tinham; que as árvores da floresta eram verdes; e que os peixes que voavam lá em cima cantavam de um jeito maravilhoso, muito doce. A avó chamava os pássaros de peixes, do contrário a pequena sereia não entenderia do que ela estava falando, pois nunca tinha visto passarinhos.

– Quando você fizer 15 anos – a avó falou –, vai poder subir à superfície e se sentar nas rochas ao luar, enquanto os grandes navios passam deslizando. Daí você verá tanto as florestas quanto as cidades.

No ano seguinte, a irmã mais velha ia completar 15 anos, porém, como cada uma era um ano mais jovem do que a outra, a caçula precisaria esperar cinco anos até que chegasse sua vez de subir do fundo do oceano até a superfície e ver a terra como nós vemos. Entretanto, cada uma havia prometido contar às demais o que visse em sua primeira subida e qual tinha sido a coisa mais linda. Por mais que a avó contasse, nunca bastava, pois elas sempre queriam saber muito mais.

Nenhuma das princesas ansiava tanto por sua vez de subir como a mais nova; justo ela, que precisaria esperar o período mais longo e que era tão tranquila e pensativa. Em muitas noites ela se punha à janela aberta e ficava olhando para cima, através da água azul-escura, observando os peixes enquanto eles nadavam, agitando as nadadeiras e o rabo. Dava para ver a lua e as estrelas brilhando fracamente, mas, em compensação, através da água elas pareciam maiores do que quando nós as vemos. Quando uma nuvem escura passava entre a princesa e as estrelas, ela sabia que era ou uma baleia nadando acima de sua cabeça ou uma embarcação cheia de seres humanos, que jamais poderiam imaginar que uma linda pequena sereia estava abaixo deles, esticando os braços na direção da quilha do barco.

CONTOS DE FADAS DE ANDERSEN

Finalmente, a primogênita completou 15 anos e teve permissão para subir à superfície do oceano.

Quando ela voltou, tinha muito para contar. Ela disse que a melhor coisa era sentar em um trecho de areia junto ao mar tranquilo e iluminado pelo luar e observar, perto da praia, as luzes da cidade próxima, que piscavam como centenas de estrelas, e ouvir o som da música, o ruído das carruagens, as vozes dos seres humanos e o doce tilintar dos sinos nas torres da igreja. Como não podia chegar perto de nada disso, mais ainda ela desejava se aproximar de tudo.

Ah, com quanta atenção a mais nova ouviu essas descrições! E depois, quando se postou junto à janela aberta, observando através da água azul-escura, pensou na cidade grande, com toda sua agitação e seus barulhos e até teve a impressão de ouvir os sinos da igreja badalando e os repiques chegando às profundezas do mar.

No ano seguinte, a segunda irmã teve autorização para subir à superfície da água e nadar por onde quisesse. Ela subiu quando o sol estava se pondo e isso, ela falou, era a mais bela visão possível. O céu inteiro se tingia de dourado e nuvens violeta e cor-de-rosa, que ela nem sabia descrever muito bem, vagavam no ar. Com ainda mais suavidade do que as nuvens, voava um bando de cisnes selvagens em direção ao sol poente, formando um longo véu branco sobre o mar. Ela também havia nadado na direção do sol, porém ele afundou nas ondas, e os tons rosados sumiram tanto das nuvens quanto da água.

A terceira irmã foi em seguida e se aventurou mais do que as outras duas, pois nadou até um rio largo que desembocava no mar. Nas margens, ela viu colinas cobertas de lindas videiras, palácios e castelos pontilhando a floresta coalhada de árvores altivas. Ela ouviu pássaros cantando e sentiu os raios do sol, que eram tão fortes que a toda hora ela precisava mergulhar de novo, para refrescar debaixo d'água o rosto, que parecia estar queimando. Em um riacho, ela encontrou um grande grupo de criancinhas humanas, quase peladas, brincando na água. A princesa quis brincar com elas, mas elas fugiram, muito assustadas; em seguida, um pequeno animal preto (que era um cachorro, mas ela não sabia, porque nunca antes tinha visto um cão) foi até a água e latiu furiosamente; ela ficou apavorada e nadou bem rápido para o fundo. Mas ela contou que nunca se esqueceria da linda floresta, das colinas verdejantes e das belas criancinhas que sabiam nadar na água, mesmo não tendo caudas.

A quarta irmã era mais tímida. Ela permaneceu no meio do mar, mas afirmou que ali era tão lindo quanto mais perto da terra. Dava para enxergar muitos quilômetros ao redor, e o céu lá em cima parecia uma abóbada de cristal. Ela havia visto navios, mas daquela distância eles pareciam simples gaivotas. Os golfinhos saltavam, e as grandes baleias esguichavam água com tanta força que era como se cem fontes estivessem borrifando ao mesmo tempo.

O aniversário da quinta irmã aconteceu no inverno. Então, quando chegou sua vez, ela viu coisas que as outras não tinham visto em suas idas à superfície. O mar estava esverdeado e grandes *icebergs* flutuavam. Cada um era como uma pérola, ela contou, só que mais alto e mais sublime do que as igrejas construídas pelos homens. Tinham os formatos mais singulares e reluziam como diamantes. Ela havia se sentado em um dos maiores e deixado que o vento brincasse com seus longos cabelos. Tinha observado que os navios se afastavam bem rápido, como se tivessem medo dos *icebergs*. No fim do dia, quando o sol se pôs, nuvens escuras tomaram o céu, trovões ribombaram e os raios lançaram luzes avermelhadas nos *icebergs*, que eram jogados de um lado a outro pelas ondas altas e agitadas. Em todos os navios as velas tremiam, inchadas de medo, enquanto ela, sentada no monte de gelo flutuante, observava calmamente os relâmpagos riscando o céu e caindo no mar.

Todas as irmãs, quando puderam nadar para a superfície pela primeira vez, ficaram encantadas com a visão de tantas coisas novas e belas. Agora que eram mocinhas crescidas e podiam subir quando quisessem, haviam se tornado indiferentes. Subiam, mas logo queriam descer de volta, após um mês, elas disseram que era muito mais bonito no fundo do mar e muito mais gostoso estar em casa.

Apesar disso, muitas vezes cinco das seis irmãs entrelaçavam os braços e, ao entardecer, subiam juntas até a superfície. Suas vozes eram mais doces do que a de qualquer ser humano e, quando uma tempestade estava a caminho, e elas receavam que um barco pudesse se perder, nadavam em grupo na frente dele, entoando canções que falavam sobre as maravilhas que existiam nas profundezas do oceano e dizendo aos viajantes que não tivessem medo caso naufragassem. Os marinheiros, no entanto, não entendiam a música e achavam que aquele som era a tempestade resfolegando. As melodias nunca pareceram bonitas aos ouvidos dos homens, pois, se o navio afundasse, eles se afogariam e apenas seus corpos sem vida chegariam ao palácio do Rei do Mar.

Quando as irmãs subiam e de braços dados atravessavam a água até a superfície, a caçula ficava muito sozinha e chorosa; só que, como sereias não têm lágrimas, sofria muito mais.

– Ah, como eu queria já ter quinze anos! – ela dizia. – Eu sei que vou adorar o mundo lá em cima e todas as pessoas que vivem nele.

Finalmente, ela chegou ao décimo quinto ano de vida.

– Bem, agora você é uma menina crescida – disse a nobre senhora que era sua avó. – Venha cá, deixe-me arrumar você com os enfeites que suas irmãs também usam.

Ao dizer isso, a avó pôs na cabeça da neta uma coroa de lírios brancos; nas pétalas de cada um, havia metade de uma pérola. Depois, ordenou que oito grandes ostras se prendessem à cauda da princesa, para demonstrar a nobreza da jovem.

– Elas estão me machucando! – queixou-se a pequena sereia.

– Sim, eu sei; é preciso sofrer para bela ser – respondeu a velha senhora.

Tudo o que a pequena sereia mais queria era sacudir para longe aqueles grandiosos enfeites reais e jogar para mais longe ainda a pesada coroa. As florzinhas vermelhas de seu jardim seriam muito mais adequadas. Porém ela não podia mudar quem era, então se despediu e subiu à superfície lépida e faceira como uma bolha.

O sol tinha acabado de se pôr quando a cabeça dela despontou acima das ondas. As nuvens estavam tingidas de carmim e ouro e no crepúsculo incandescente brilhavam estrelas de máxima beleza. O mar estava calmo e o ar, ameno e fresco. Um grande navio de três mastros estava tranquilamente ancorado; apenas uma vela estava montada, pois não havia nenhuma brisa, e os marujos relaxavam no convés. Havia música e cantoria a bordo, e, quando ficou escuro, cem lamparinas coloridas foram acesas, como se as bandeiras de todos os países tremulassem no ar.

A pequena sereia nadou até bem perto das janelas das cabines, de modo que, conforme as ondas a suspendiam, ela conseguia enxergar através dos vidros; lá dentro, havia várias pessoas bem-vestidas.

O mais lindo entre os indivíduos era um jovem príncipe de grandes olhos pretos. Ele tinha 16 anos e seu aniversário estava sendo comemorado com uma grande festa. Os marinheiros dançavam no convés e, quando o príncipe saiu da cabine, fogos de artifício foram lançados, tornando o céu claro como se fosse dia. A pequena sereia ficou tão espantada que mergulhou e, quando de novo pôs a cabeça para fora da água, parecia que todas as estrelas do céu estavam caindo à sua volta.

Ele nunca tinha visto fogos de artifício antes. Grandes desenhos em forma de sol cuspiam fogo, vaga-lumes esplêndidos voavam no ar azul, e tudo se refletia no mar límpido e tranquilo lá embaixo. O próprio navio estava tão intensamente iluminado que todas as pessoas, e até a menor corda, podiam ser vistas com nitidez. E que lindo era o príncipe, cumprimentando todos os convidados e sorrindo para cada um, enquanto a música ressoava no transparente ar noturno!

Já estava bem tarde, mas mesmo assim a pequena sereia não conseguia desviar os olhos do navio nem do belo príncipe. As lamparinas coloridas haviam se apagado, nenhum fogo de artifício explodia mais no ar e os canhões tinham suspendido os disparos. O mar ficou agitado e das profundezas saíam gemidos murmurados. A pequena sereia, perto da janela da cabine, subia e descia conforme o movimento das ondas, para continuar olhando. Dali a pouco, as velas foram rapidamente içadas e o navio partiu, mas as ondas se agigantaram, nuvens pesadas escureceram o céu e raios caíram ao longe. Uma tempestade horrível estava se formando. A ameaça da tormenta levou os marujos a arriarem as velas de novo. O grande navio era jogado de um lado para o outro, enquanto tentava navegar pelo mar bravio. As ondas atingiram a altura de montanhas e parecia que iam encobrir os mastros; o navio mergulhou como um cisne entre elas, para então tornar a subir em suas cristas espumosas. Para a pequena sereia, aquilo era uma brincadeira bem divertida, mas os marinheiros tinham outra opinião. Por fim, o navio rangeu, rugiu e estalou. As grossas tábuas cederam sob o chicote do mar, quando as ondas arrebentaram no convés; o mastro principal se partiu em vários pedaços, como se fosse de junco, e, quando o navio tombou de lado, a água invadiu tudo.

A pequena sereia se deu conta do perigo que a tripulação estava correndo, e até ela foi obrigada a tomar cuidado, tinha que evitar as tábuas e vigas dos destroços espalhados na água. A certa altura ficou tão escuro que não se enxergava nadica de nada, mas então veio o clarão de um raio e revelou a cena toda: ela conseguiu enxergar todos que tinham estado a bordo, exceto o príncipe. Quando o navio se partiu, ela o tinha visto afundar nas águas e ficou contente, pensando que agora ele ficaria com ela, então se lembrou de que os humanos não conseguem viver debaixo d'água e que, portanto, ele já estaria morto quando chegasse ao palácio do Rei do Mar.

Não, ele não podia morrer! Ela nadou por entre os destroços que se espalhavam na superfície, totalmente esquecida de que eles poderiam esmagá-la. Mergulhando fundo nas águas escuras, sendo levantada e baixada ao sabor das ondas, ela enfim conseguiu chegar ao jovem príncipe, que já estava quase sem forças para continuar nadando no mar furioso. Seus braços e pernas falhavam, seus lindos olhos estavam fechados, e ele teria se afogado se a pequena sereia não tivesse ido em seu socorro. Ela segurou a cabeça dele acima da linha da água e deixou que as ondas os levassem para onde quisessem.

Pela manhã o temporal tinha cessado, mas do navio não se via nem um fragmento. O sol se levantou, vermelho e brilhante, e seus raios devolveram certo ar saudável à face do príncipe, mas os olhos continuavam fechados. A sereia beijou a testa alta e delicada dele, e alisou para trás os ensopados cabelos pretos. Aos olhos dela, ele parecia a estátua de mármore do pequeno jardim, então ela o beijou de novo e desejou de todo o coração que ele sobrevivesse.

Dali a pouco eles se aproximaram da terra, e ela viu grandes montanhas azuladas, com neve nos picos, como se um bando de cisnes estivesse pousado nelas. Lindas florestas verdejantes ficavam perto da costa, e a pouca distância havia um grande edifício, mas se era uma igreja ou um convento, ela não sabia dizer. Laranjeiras e cidras cresciam no jardim e diante da porta havia altas palmeiras. Naquele ponto o mar formava uma pequena baía, na qual a água era calma e silenciosa, porém muito funda. Ela nadou com o belo príncipe até a praia, que era de areia branca muito fina, lá o depositou delicadamente, tomando o cuidado de manter a cabeça dele sempre mais elevada do que o corpo. Então os sinos tocaram no grande edifício branco, e algumas mocinhas saíram para o jardim. A pequena sereia nadou para longe da praia e se escondeu entre rochas altas que despontavam da água. Cobrindo a cabeça e o pescoço com a espuma do mar, ela ficou observando o que aconteceria ao pobre príncipe.

Não demorou muito até que uma jovem se aproximasse do lugar onde o príncipe estava deitado. No começo ela pareceu um pouco assustada, mas o receio só durou um instante logo ela chamou outras pessoas e a pequena sereia viu o príncipe voltar à vida e sorrir para aqueles que estavam de pé ao seu redor. Para ela, porém, ele não lançou nenhum sorriso; não sabia que ela o tinha salvado. Isso a deixou muito triste e, quando ele foi conduzido para dentro do grande edifício, ela mergulhou fundo na água e voltou para o castelo do pai.

A pequena sereia, que sempre tinha sido silenciosa e meditativa, agora o era ainda mais. As irmãs perguntaram o que ela havia visto em sua primeira visita à superfície, mas ela não conseguiu contar nada. Muitas tardes e diversas manhãs ela voltou à tona, ao ponto onde tinha deixado o príncipe. Ela viu as frutas do jardim amadurecerem e serem colhidas; viu a neve derreter até sumir do pico das montanhas; mas o príncipe ela nunca mais viu, e por isso voltava para casa cada vez mais triste.

O único consolo que ela encontrava era sentar-se no jardinzinho e pousar o braço em volta da estátua de mármore, que era muitíssimo parecida com o príncipe. Ela parou de cuidar das flores e elas cresceram desordenadamente, atrapalhando o caminho, entrelaçando as largas folhas e os longos caules em torno dos galhos das árvores, até que o lugar todo ficou confuso, escuro e triste.

Chegou uma hora em que ela não suportou mais e contou tudo para uma das irmãs. As outras escutaram o segredo, e logo os fatos se tornaram conhecidos por várias sereias; uma delas tinha uma amiga próxima que por acaso sabia diversas coisas sobre o príncipe. Esta amiga também tinha visto a comemoração a bordo, e contou para as princesas de onde o príncipe vinha e onde ficava o palácio dele. As princesas mais velhas disseram para a caçula:

– Venha, maninha – então entrelaçaram os braços e subiram juntas até a superfície.

Elas saíram perto do local onde sabiam que ficava o palácio do príncipe, que era construído com uma pedra amarela brilhante, reluzente, e tinha longas escadarias de mármore e um dos lances de degraus chegava quase até a água. Esplêndidas cúpulas douradas erguiam-se acima do telhado e entre as colunas que rodeavam a construção havia estátuas bem realistas de mármore. Através das janelas altas e transparentes como cristal, era possível ver os refinados cômodos, com ricas cortinas de seda, tapeçarias e paredes cobertas de lindos quadros. No centro da maior sala, uma fonte jorrava; os jatos cintilantes eram esguichados até bem lá no alto, chegando ao vidro da cúpula do teto, através do qual o sol refletia na água e brilhava nas lindas plantas que cresciam na tina onde ficava a fonte.

Agora que a pequena sereia sabia onde o príncipe morava, passava muitas tardes e noites na água perto do palácio dele. Ela nadava até muito mais perto da praia do que as irmãs haviam se arriscado, chegando certa vez a nadar até o canal sob a sacada de mármore, que era ampla e por isso lançava uma sombra bem larga na água. Lá ela se sentou e observou o jovem príncipe, que pensava que estava sozinho naquela noite de luar brilhante.

Muitas vezes, ao entardecer, ela o viu navegando em um barco muito bonito, onde havia música e bandeiras que se agitavam ao vento.

Ela espiava por entre os juncos verdes e, se acaso o vento agitasse o longo véu prateado, quem visse pensaria ser um cisne abrindo as asas.

Muitas noites, quando os pescadores lançavam suas redes à luz das tochas, ela os ouvia comentar várias coisas boas sobre o jovem príncipe. Isso a deixava contente por ter salvado a vida dele quando as ondas o jogavam de um lado para o outro já quase morto. Ela bem se lembrava de como a cabeça dele se apoiara no colo dela, e do carinho com que ela o havia beijado. Ele, porém, não sabia de nada disso e não podia nem mesmo imaginar que ela existia.

A pequena sereia passou a gostar cada vez mais dos seres humanos e a desejar cada vez mais ser capaz de andar por aquele mundo, que parecia tão maior que o dela. Os humanos conseguiam voar acima do mar em grandes navios e escalar montanhas muito além das nuvens; e as terras que eles possuíam, com suas florestas e campos, se estendiam para muito além do alcance de sua vista. Ah, havia tanta coisa que ela queria saber! Mas suas irmãs não sabiam responder. Ela então procurou a velha avó, que tudo conhecia sobre o mundo de cima e que o chamava, apropriadamente, de "terras acima do mar".

– Se os humanos não se afogam, vivem para sempre? – ela perguntou. – Eles nunca morrem, como nós aqui do mar morremos?

– Morrem – respondeu a velha senhora. – Eles também morrem e seu período de vida é até mais curto do que a nosso. Nós às vezes vivemos trezentos anos, porém, quando deixamos de existir aqui, viramos espuma na superfície da água, e nem temos uma sepultura que fique entre aqueles que amamos. Nós não temos almas imortais e jamais viveremos de novo; assim como as algas marinhas após serem cortadas, nós também não podemos viver outra vez. Mas os seres humanos, ao contrário, têm almas que vivem para sempre, mesmo depois que o corpo virou pó. Eles se elevam no ar claro e puro, para além das estrelas brilhantes. Assim como nós subimos à superfície e conseguimos ver a terra dos homens, eles também se desprendem e sobem, chegando a lugares desconhecidos e gloriosos que nós nunca conheceremos.

– Por que nós não temos almas imortais? – perguntou a pequena sereia, tristonha. – Eu de muito boa vontade abriria mão das centenas de anos que tenho para viver em nome de um único dia como ser humano, para ter a esperança de conhecer a alegria desse mundo glorioso acima das estrelas.

– Você não pode pensar assim – a velha senhora falou. – Nós acreditamos que somos muito mais felizes do que os humanos das terras acima do mar.

– Então eu tenho que morrer e, como a espuma do mar, ser carregada pra lá e pra cá, sem nunca mais ouvir o murmúrio das ondas nem ver a beleza das flores, nem o brilho do sol? Posso fazer alguma coisa para ganhar uma alma imortal? – a pequena sereia quis saber.

– Não – disse a avó, e explicou: – Isso só aconteceria se um homem a amasse tanto que você significasse para ele mais do que pai e mãe; só aconteceria se todos os pensamentos e todo o amor dele fossem para você, e se um padre colocasse a mão direita deste homem em cima da sua, e ele prometesse ser fiel a você aqui e no além; então a alma dele entraria em seu corpo e você receberia um pouco da futura felicidade da humanidade. Ele daria a você uma alma ao mesmo tempo que reteria a própria, mas isso nunca poderia acontecer. Sua cauda de peixe, que para nós é linda, é considerada bem feia na terra. Coitados, eles pensam que, para ser bela, uma pessoa precisa ter duas estacas firmes que eles chamam de pernas.

A pequena sereia suspirou e olhou com grande melancolia para seu rabo de peixe.

– Vamos ficar felizes – disse a avó. – E dançar e brincar pelos trezentos anos que temos para viver, o que já é bastante. Depois, vamos descansar até melhor. Hoje à noite teremos um baile na corte.

Foi uma daquelas cenas esplêndidas que nunca vemos em terra. As paredes e o teto do amplo salão de baile eram de cristal espesso, mas transparente. Várias centenas de conchas colossais, algumas de um vermelho profundo e outras verdes como grama, capazes de lançar labaredas de fogo azul, ficaram enfileiradas em cada lateral. Isso acendeu o salão inteiro e atravessou as paredes, de forma que o mar inteiro também se iluminou. Incontáveis peixes, grandes e pequenos, passavam nadando ao longo das paredes de cristal. Em alguns, escamas roxas reluziam e outros cintilavam como prata e ouro. Na água abundante que fluía pelos corredores, dançavam sereias machos e fêmeas, ao som da música que eles mesmos cantavam docemente.

Ninguém em terra possuía vozes adoráveis como as deles, mas a pequena sereia cantava com mais doçura do que todos. A corte a aplaudiu com as mãos e as caudas, e por um instante ela se sentiu contente, sabendo que tinha a voz mais doce da terra e do mar. Mas logo ela se lembrou do mundo acima; ela não conseguia esquecer o charmoso príncipe, nem parar de lamentar a ausência de uma alma imortal como a dele. Ela saiu discretamente do palácio do pai; enquanto lá dentro tudo era alegria e música, ela sentou-se no pequeno jardim sozinha e muito triste. Foi quando escutou um barulho que atravessava a água, e pensou: "Com certeza é ele navegando. Ele, que concentra todo o meu amor; ele, em cujas mãos eu gostaria de depositar a felicidade da minha vida. Vou arriscar tudo por ele e para conseguir uma alma imortal. Enquanto minhas irmãs dançam no palácio do nosso pai, eu vou visitar a bruxa do mar, de quem sempre tive tanto medo. Ela vai me dar conselhos e ajuda".

Então a pequena sereia deixou para trás o jardim e seguiu em direção aos redemoinhos de espuma; atrás deles vivia a bruxa. A princesa nunca tinha estado lá. Nem flor nem grama cresciam no local; apenas um chão cinzento, nu e arenoso levava aos redemoinhos, onde a água sugava tudo e atirava nas profundezas insondáveis. A pequena sereia foi obrigada a atravessar esse turbilhão esmagador antes de conseguir chegar aos domínios da bruxa. Depois, por um longo trecho, a estrada se estendia pelo meio da lama borbulhante, que a bruxa chamava de "campo pantanoso".

Depois desse trecho ficava a casa, no centro de uma floresta estranha, onde todas as árvores e flores eram híbridas: metade animais, metade plantas. Pareciam cobras de cem cabeças brotando do chão. Os galhos eram como braços compridos e magros, com dedos flexíveis como minhocas, e se mexiam, um a um, das raízes até o topo. Eles agarravam e prendiam com força todas as criaturas que conseguiam capturar e nada jamais escapava de suas garras.

A pequena sereia ficou com tanto medo do que estava vendo que ficou paralisada e com o coração aos pulos no mais absoluto terror. Ela chegou bem perto de dar meia-volta, mas então pensou no príncipe e na alma humana que tanto desejava possuir, e recobrou a coragem. Ela amarrou os longos cabelos, para que os seres híbridos não os alcançassem. Cruzou os braços e escondeu as mãos e só então partiu em disparada, do mesmo jeito que os peixes disparam na água, por entre os braços e dedos maleáveis dos híbridos horrorosos, que se esticavam de ambos os lados dela. Ela viu que eles mantinham presa em suas garras uma coisa que haviam agarrado com seus numerosos bracinhos, que eram fortes como correntes de ferro. O que estava preso com toda a força por aqueles braços eram esqueletos de seres humanos que haviam morrido no mar e descido até as águas profundas; esqueletos de animais terrestres; e remos, lemes e arcas de navios. Havia até uma pequena sereia, que eles tinham agarrado e estrangulado e aquela foi a cena mais chocante de todas para a jovem princesa.

Ela agora estava na floresta, onde o solo era pantanoso e cobras enormes, gordas, rolavam na lama exibindo seus corpos asquerosos. No centro disso tudo ficava a casa, construída com os ossos dos humanos naufragados. Lá estava sentada a bruxa, que deixava um sapo comer direto de sua boca, do mesmo jeito como as pessoas, às vezes, oferecem açúcar a um canário, segurando o torrão com os lábios. A bruxa chamava as cobras de galinhas e permitia que subissem em seu colo.

– Eu sei o que você quer – disse a bruxa do mar. – É uma burrice sem tamanho. Você vai ter o que deseja, embora isso vá lhe trazer muito sofrimento, minha bela princesa. Você quer se livrar da sua cauda de peixe e em lugar dela ter duas estacas, como os seres humanos em terra, para que o jovem príncipe se apaixone por você e para que você tenha uma alma imortal.

Ao dizer isso, a bruxa deu uma gargalhada tão alta e tão maléfica que o sapo e as cobras foram para o chão e lá ficaram se contorcendo.

– Você chegou bem a tempo – a bruxa falou. – Porque depois do nascer do sol, amanhã, eu não teria como ajudá-la até o fim de mais um ano. Vou preparar uma poção, que deverá levar para a terra firme amanhã, antes do raiar do dia, então você deve se sentar e beber. Seu rabo vai sumir e no lugar dele surgirão o que os homens chamam de pernas. A dor será muitíssimo intensa, como se uma espada estivesse cortando você ao meio, mas todos que a virem dirão que você é a criatura humana mais linda que eles jamais viram. Você terá a mesma graciosidade de movimentos que tem na água, e nenhuma bailarina será capaz de caminhar com tanta leveza. Porém, cada passo vai doer como se você estivesse pisando em facas afiadas e você sentirá a pressão do sangue tentando sair pelos cortes. Se você suportar tudo isso, eu ajudarei.

– Sim, eu suportarei – respondeu a princesinha, com a voz trêmula, pensando no príncipe e na alma imortal.

– Pense muito bem – a bruxa alertou. – Porque, uma vez transformada em ser humano, você não poderá voltar a ser sereia. Você jamais cruzará as águas para encontrar suas irmãs ou seu pai de novo. Porém se você não conquistar o amor do príncipe, de modo que ele esteja disposto a esquecer pai e mãe para amar você de todo o coração e se o padre não unir suas mãos para que se tornem marido e mulher, então você nunca terá uma alma imortal. Na primeira manhã depois que ele se casar com outra, seu coração ficará despedaçado e você se tornará espuma na crista das ondas.

– Quero ir em frente – a pequena sereia respondeu, e seu rosto ficou lívido como a morte.

– Mas eu também cobro um preço – a bruxa acrescentou. – E não é um trocadinho qualquer. Você tem a voz mais doce do que qualquer criatura das profundezas e acha que vai conquistar o príncipe com ela. Mas é a sua voz o que você deve me dar. A melhor coisa que você possui é o que eu cobro pela poção, que é caríssima, pois um dos ingredientes é meu próprio sangue, que deve ser adicionado à mistura para que ela se torne cortante como uma espada de dois gumes.

– Mas se você tirar minha voz, o que restará para mim?

– Sua bela aparência, seu andar gracioso e seus olhos expressivos. Certamente você conseguirá encantar um homem com isso. Ora, o que há? Perdeu a coragem? Ponha a língua para fora, para que eu a corte como pagamento; então você receberá a poção poderosa.

– Que assim seja – a pequena sereia respondeu.

A bruxa pôs o caldeirão no fogo para preparar a poção.

– Limpeza é uma coisa boa – disse a bruxa.

Em seguida, ela começou a esfregar o caldeirão com uma escova formada por um punhado de cobras atadas com um grande nó. Depois, se espetou no peito e deixou que o sangue escuro pingasse lá dentro. O vapor subiu formando desenhos tão horripilantes que ninguém poderia olhar para eles sem sentir medo. A todo instante, a bruxa jogava novos ingredientes no caldeirão e, quando a mistura começou a ferver, o som parecia o choro de um crocodilo. Quando por fim a poção mágica ficou pronta, era clara como a mais limpa das águas.

– Pronto, aqui está – ela disse, e em seguida cortou a língua da sereia, para que ela nunca mais pudesse falar nem cantar. – Se os híbridos a apanharem em seu retorno para a floresta – continuou a bruxa do mar –, jogue umas gotas da poção e os dedos deles se rasgarão em mil pedacinhos.

Mas a pequena sereia não precisou fazer isso, pois os híbridos recuaram apavorados quando notaram a poção brilhante que ela transportava e que cintilava como uma estrela.

Ela atravessou rapidamente a floresta e o pântano e passou por entre os redemoinhos agitados. Ela viu que no palácio do pai as tochas do salão de baile estavam apagadas e que lá dentro todos dormiam. Não se arriscou a ir até eles; agora que era muda e ia deixá-los para sempre, sentia o coração partindo. Ela entrou no jardim, pegou uma flor do canteiro de cada uma das irmãs, mil vezes jogou beijos em direção ao palácio e rumou para a superfície, cruzando as escuras águas profundas.

O sol ainda não tinha nascido quando ela viu o palácio do príncipe e se aproximou da bela escadaria de mármore, porém a lua estava cheia e brilhava forte. A pequena sereia tomou a poção mágica e realmente pareceu como se uma espada de dois gumes estivesse cortando ao meio seu corpo frágil. Ela desmaiou e ficou lá deitada, como se estivesse morta. Quando o dia raiou e o sol brilhou sobre o mar, ela recuperou os sentidos e sentiu uma dor aguda, mas eis que diante dela estava o belo e jovem príncipe.

Ele fixou nela os olhos pretos como carvão; tinha uma expressão tão séria que ela baixou o olhar, foi então que viu que seu rabo de peixe tinha desaparecido e que no lugar dele havia agora um par de pernas brancas e pés tão delicados quanto os de qualquer mocinha. Contudo, ela não tinha roupas, então se embrulhou nos longos cabelos. O príncipe perguntou quem ela era e de onde vinha. Com seus olhos azuis, ela o encarou com meiguice e tristeza, mas não pôde responder, então ele a tomou pela mão e a conduziu ao palácio.

Cada passo que ela dava era realmente o que a bruxa tinha dito que seria; a pequena sereia sentia como se estivesse pisando em pontas de agulha ou em facas afiadas, porém ela suportou a dor de boa vontade e caminhou ao lado do príncipe leve como uma bolha, e por isso todos que a viram se maravilharam com seus movimentos graciosos e ondulantes. Ela foi logo vestida em finos trajes de seda e musselina, e era a mais bela criatura do palácio, mas era muda e não conseguia falar nem cantar.

Lindas criadas vestindo seda e ouro deram um passo à frente e cantaram diante do príncipe e dos pais dele. Uma cantava melhor do que todas as outras, e o príncipe a aplaudiu e sorriu para ela. Aquilo foi um golpe duríssimo para a pequena sereia, que sabia que, antes, poderia cantar muito mais docemente do que aquela moça. Ela pensou: "Ah, se o príncipe pudesse ao menos imaginar que eu abri mão da minha voz para sempre para estar com ele!".

Em seguida, as criadas executaram uma verdadeira dança das fadas, ao som de uma bela música. A pequena sereia então ergueu seus adoráveis braços brancos, ficou na ponta dos pés e deslizou pelo chão, dançando como ninguém jamais tinha sido capaz de dançar antes. Sua beleza se revelava mais e mais a cada momento, e seus olhos expressivos falavam mais ao coração do que a música cantada até ali. Todos ficaram encantados, especialmente o príncipe, que a chamava de "pequena órfã". Ela dançou de novo logo na sequência, para agradá-lo, apesar de a cada passo seus pés doerem como se ela estivesse pisando em facas afiadas.

O príncipe determinou que ela ficasse com ele o tempo todo, e deram-lhe permissão para dormir na frente da porta do quarto real, em uma almofada de veludo. Ele providenciou para que roupas de escudeira fossem confeccionadas, para que ela pudesse acompanhá-lo na garupa do cavalo. Eles cavalgaram juntos pelos bosques perfumados, onde os galhos verdes acariciavam seus ombros e passarinhos cantavam nas folhas frescas. Ela subiu com ele ao topo das mais altas montanhas; apesar de seus pés macios sagrarem tanto que pegadas ficavam por onde andava, ela continuou sorrindo e seguindo o príncipe, até que eles viram nuvens abaixo de onde estavam, e pareciam um bando de pássaros migrando para terras distantes. Quando estavam no palácio do príncipe e todos os demais dormiam, a pequena sereia ia para fora e sentava na ampla escadaria de mármore, pois mergulhar os pés na água fria do mar aliviava a sensação de queimadura. Era nessas ocasiões que ela pensava nos que havia deixado para trás, lá nas profundezas.

Certa noite, suas irmãs vieram à tona de braços dados, cantando melancolicamente enquanto boiavam. Ela acenou para elas, que reconheceram a irmãzinha e contaram sobre a tristeza que havia provocado com sua partida; depois disso, elas voltavam ao mesmo lugar todas as noites. Houve uma vez em que a pequena sereia viu, mais ao longe, sua velha avó, que havia muitos anos não subia à superfície do mar, e também o velho Rei do Mar, seu pai, com a coroa. A avó e o pai esticaram as mãos na direção dela, mas não ousaram se aproximar da terra tanto quanto as irmãs tinham arriscado.

O tempo passava e ela amava o príncipe cada vez mais, enquanto o príncipe a amava como se ama uma criancinha. Nunca passou pela cabeça dele fazer dela sua esposa. Contudo, a menos que eles se casassem, ela jamais receberia uma alma imortal e, na manhã seguinte ao casamento dele com outra, ela se dissolveria na espuma do mar.

"Você não me ama mais do que ama todas as outras?", os olhos da pequena sereia pareciam perguntar, quando o príncipe a tomava nos braços e beijava sua testa.

– Sim, tenho muito carinho por você – o príncipe respondeu. – Pois você tem o coração mais bondoso e é a mais devotada a mim. Você parece uma mocinha que eu vi certa vez, mas que nunca tornarei a encontrar. Eu estava em um navio que naufragou e as ondas me jogaram na praia perto de um templo sagrado, onde muitas senhoritas prestavam serviço. A mais jovem delas me encontrou na areia e salvou minha vida. Eu só a vi duas vezes e é a única no mundo que eu poderia amar, mas você se parece com ela e quase apagou a imagem dela da minha lembrança. Ela pertence ao templo sagrado e a sorte trouxe você para mim em lugar dela. Nós nunca vamos nos separar.

"Ah, ele não sabe que fui eu que lhe salvei a vida", a pequena sereia pensou. "Eu o carreguei do mar até o bosque onde fica o templo; eu me escondi atrás da espuma e vigiei até que seres humanos chegaram para ajudá-lo. Eu vi a bela senhorita que ele ama mais do que ama a mim".

A pequena sereia deu um profundo suspiro, mas não conseguia chorar.

"Ele diz que a moça pertence ao tempo sagrado e que, portanto, ela nunca vai voltar para o mundo e eles jamais se encontrarão de novo. Eu estou ao lado dele e nos vemos todos os dias. Eu vou cuidar dele, amá-lo e dar minha vida por ele."

Pouco depois, começou um burburinho sobre o príncipe estar prestes a se casar, e que a bela princesa de um reino vizinho poderia ser a esposa, pois um navio estava sendo preparado. Embora o príncipe afirmasse que pretendia simplesmente fazer uma visita ao rei, a suposição geral era a de que ele estava a caminho de cortejar a princesa. Um grupo enorme de pessoas iria com ele. A pequena sereia sorria e abanava a cabeça, pois ela conhecia os pensamentos do príncipe melhor do que qualquer um.

– Preciso fazer uma viagem – ele informou a ela. – Tenho de ir conhecer a tal da princesa bonita, para atender a um desejo de meus pais, mas eles não podem me obrigar a trazê-la para casa como minha noiva.

Eu não posso amá-la, pois ela não é como a linda princesa do templo, com quem você se parece. Se eu fosse obrigado a escolher uma noiva, escolheria você, minha pequena órfã muda dos olhos expressivos.

Então ele a beijou, brincou com seus longos e ondulados cabelos e pousou a cabeça sobre seu coração, enquanto ela sonhava com a alegria humana e uma alma imortal.

– Você não tem medo do mar, tem, minha mudinha querida? – ele perguntou, quando ambos estavam no convés do nobre navio que ia levá-los até o reino vizinho.

O príncipe lhe contou sobre tempestades e mares tranquilos, sobre os peixes estranhos que viviam nas profundezas e tudo o que os mergulhadores tinham visto lá embaixo. Ela sorria com essas descrições, pois conhecia melhor do que ninguém as maravilhas do fundo do mar.

Quando todos a bordo estavam dormindo, exceto o rapaz do leme, ela se sentou no convés, à luz do luar, e olhou para baixo através da água clara. Parecia que conseguia enxergar o castelo do pai e, acima dele, a velha avó, com a coroa de prata na cabeça, olhando para a quilha da embarcação através da correnteza. Depois as irmãs subiram e das ondas observaram-na com grande tristeza, agitando as mãozinhas brancas. Ela acenou de volta e sorriu, e desejou poder contar a elas como estava feliz e bem. Mas o rapaz da cabine se aproximou e, quando as irmãs mergulharam, ele achou que o que tinha visto era só a espuma do mar.

Na manhã seguinte, o navio entrou no porto de uma cidade muito bonita, que pertencia ao rei que o príncipe estava indo visitar. Os sinos repicavam nas igrejas, e das torres altas soavam fanfarras de trombetas. Soldados portando bandeiras desfraldadas e baionetas reluzentes perfilavam-se ao longo da estrada por onde o príncipe passava com sua comitiva. Todo dia era de festa, havia baile todas as noites e muita diversão, mas a princesa ainda não tinha aparecido. As pessoas diziam que ela havia sido criada em uma instituição religiosa, onde tinha sido educada em todas as virtudes da realeza.

Por fim, ela veio. E a pequena sereia, que estava ansiosa para ver se ela era realmente bonita, foi obrigada a admitir que nunca tivera uma visão mais perfeita de beleza. A pele era clara e suave; por baixo dos cílios longos e muito pretos, risonhos olhos azuis brilhavam com honestidade e pureza. O príncipe a viu e exclamou:

– Foi você quem salvou minha vida quando eu estava desmaiado na praia! – E tomou em seus braços a noiva ruborizada.

Para a pequena sereia, ele disse:

– Ah, estou muito, muito feliz. Minhas maiores esperanças se cumpriram. Você vai se alegrar com a minha felicidade, pois sei que sua devoção a mim é grande e sincera.

A pequena sereia beijou a mão do príncipe e sentiu como se seu coração já estivesse partido. O casamento dele levaria à morte dela, que se transformaria em espuma do mar.

Todos os sinos repicaram na igreja, e se espalhou o anúncio das bodas. Em todos os altares, óleo perfumado foi queimado em finas lamparinas de prata. Os padres balançaram os incensórios, enquanto a noiva e o noivo juntavam as mãos e recebiam as bênçãos do bispo. A pequena sereia, vestindo seda e ouro, segurou a tiara da noiva, mas seus ouvidos não escutaram nem uma nota da música festiva, e seus olhos não viram nem uma cena da cerimônia sagrada. Ela só pensava na noite da morte que se aproximava e em tudo que havia perdido no mundo.

Naquele mesmo fim de tarde, a noiva e o noivo subiram a bordo do navio. Canhões rugiram, bandeiras ondularam, e no centro do convés uma rica tenda de ouro e púrpura foi montada. Dentro dela havia elegantes camas para que o par passasse a noite. Com o vento favorável e as velas estufadas, o navio deslizou suavemente pelo mar tranquilo.

Quando anoiteceu, inúmeras lamparinas coloridas foram acesas, e os marinheiros dançaram alegremente no convés. A pequena sereia não conseguiu evitar pensar em sua primeira subida à superfície, quando havia testemunhado festejos semelhantes; então ela também se juntou à dança, elevou-se na ponta dos pés e pairou no ar como uma andorinha, e todos os presentes a aplaudiram com entusiasmo. Ela nunca tinha dançado tão bem antes. Seus pés doíam como se estivessem com cortes profundos, mas ela não se importou com a dor, pois um sofrimento maior havia perfurado seu coração.

Ela sabia que naquela noite veria pela última vez o príncipe por quem havia renunciado à própria família e a seu lar. Ela havia aberto mão de sua linda voz e sofrido uma dor inimaginável por ele, enquanto ele nada sabia a respeito. Esta seria a última noite em que respiraria o mesmo ar que ele, ou que olharia para o céu estrelado ou o mar profundo. Uma escuridão eterna, sem pensamentos nem sonhos, esperava por ela. A pequena sereia não tinha alma e agora jamais poderia conquistar uma.

No navio houve alegria e comemoração até bem depois da meia-noite. Ela sorriu e dançou com os demais, embora a ideia da própria morte nunca deixasse seu coração. O príncipe beijou a bela noiva e ela brincou com o cabelo preto dele até que ambos se deram os braços e foram descansar na tenda suntuosa. Então tudo ficou quieto a bordo, e apenas o piloto ficou acordado cuidando do leme. A pequena sereia apoiou os braços brancos na amurada do navio e olhou para o Leste, procurando os primeiros tons do amanhecer. O primeiro raio de sol significaria sua morte, então ela viu as irmãs saindo da correnteza, as cinco estavam pálidas como ela mesma, porém, os lindos cabelos já não ondulavam ao vento: tinham sido cortados.

– Nós demos nosso cabelo para a bruxa – elas contaram. – Em troca de ajuda para você, para que você não morra esta noite. Ela nos deu esta faca, olhe, é muito afiada. Antes do nascer do sol, você deve enfiá-la no coração do príncipe. Quando o sangue morno dele cair nos seus pés, eles voltarão a ser uma cauda de peixe, e você será de novo uma sereia e poderá voltar para nós para acabar de viver seus trezentos anos antes de virar espuma marinha salgada. Então, se apresse, você ou ele precisa morrer antes do nascer do sol. Nossa velha avó sofre tanto que os cabelos brancos dela estão caindo, enquanto os nossos caíram pela tesoura da bruxa. Mate o príncipe e volte. Rápido! Não vê os primeiros riscos vermelhos no céu? Em poucos minutos o sol vai nascer e você vai morrer.

Elas então suspiraram profundamente, muito tristes e afundaram nas ondas.

A pequena sereia afastou as cortinas carmim da tenda e observou a linda noiva, cuja cabeça estava descansando no peito do príncipe.

Ela se curvou e beijou a testa dele, depois olhou para o céu, onde o alvorecer rosado brilhava cada vez mais. Olhou mais uma vez para a lâmina afiada e de volta para o príncipe, que sonhando murmurava o nome da noiva.

Ela ocupava os pensamentos dele, então a faca tremeu na mão da pequena sereia, mas ela a jogou longe, no meio das ondas. A água ficou vermelha no ponto onde a lâmina caiu, e as gotas que espirraram pareciam sangue. À beira do desmaio, ela lançou mais um olhar para o príncipe e se jogou do navio, afundou no mar e sentiu o corpo se dissolvendo, virando espuma.

O sol se ergueu acima das ondas e seus raios quentes caíram sobre a espuma gelada da pequena sereia, que não sentiu como se estivesse morrendo. Ela viu o brilho do sol e centenas de lindas criaturas transparentes flutuando ao redor de si; através delas, conseguia ver as velas dos navios e as nuvens avermelhadas do céu. A voz dessas criaturas era melodiosa, mas não podia ser escutada por ouvidos mortais, assim como seus corpos não podiam ser vistos por olhos mortais. A pequena sereia percebeu que seu corpo era como o delas e que ela continuava subindo, afastando-se cada vez mais da espuma.

– Onde estou? – ela perguntou, e sua voz soou etérea, como as vozes das criaturas que a acompanhavam, era um tom singular que nenhuma música terrena poderia imitar.

– Entre as filhas do ar – respondeu uma delas. – Uma sereia não tem uma alma imortal nem pode obter uma se não conquistar o amor de um ser humano. Da vontade de outro depende seu destino eterno. Mas as filhas do ar, embora não tenham uma alma imortal, podem conquistar uma por meio de boas ações. Nós voamos para países quentes e esfriamos o ar abafado que destrói a humanidade com doenças. Nós transportamos o perfume das flores para espalhar saúde e recuperação.

E a filha do ar continuou:

– Depois de nos esforçar durante trezentos anos para fazer todo o bem que estiver ao nosso alcance, nós recebemos uma alma imortal e participamos da alegria da humanidade. Você, pobre pequena sereia, tentou de todo o coração fazer o bem que nós fazemos. Você sofreu e persistiu, e por meio de suas boas ações você se elevou ao mundo espiritual; agora, trabalhando com o mesmo afinco por trezentos anos, poderá conquistar uma alma imortal.

A pequena sereia elevou os olhos glorificados na direção do sol e, pela primeira vez, sentiu que estavam cheios de lágrimas.

No navio onde deixara o príncipe, havia movimento e barulho; ela viu quando ele e a bela noiva saíram ao convés à procura dela. Muito pesarosos eles observavam a espuma perolada, como se soubessem que ela havia se atirado nas ondas. Invisível, ela beijou a testa da noiva e abanou o príncipe e depois rumou com as demais filhas do ar para uma nuvem rosada que flutuava bem lá no alto.

– Após trezentos anos, nós vamos flutuar para o reino dos céus – disse a pequena sereia.

– E talvez possamos entrar em menos tempo – respondeu uma companheira. – Invisíveis, nós podemos entrar nas casas dos homens onde há crianças, e para cada dia que encontrarmos uma criança boazinha, que seja a alegria de seus pais e mereça o amor deles, nosso prazo de sofrimento é encurtado. A criança não sabe, quando voamos no quarto dela, quanto nós sorrimos de alegria diante de seu bom comportamento, pois diminuímos um ano dos trezentos de nosso esforço. Porém, quando vemos uma criança malvada ou malcriada, derramamos lágrimas de tristeza, e para cada lágrima um dia é acrescentado ao nosso período de provação.

A POLEGARZINHA

Era uma vez uma camponesa que queria muito, muito ter uma criança. Ela procurou uma fada e disse:

– Eu adoraria ter um filho. Você saberia me dizer onde posso conseguir um?

– Ah, isso pode ser facilmente obtido – a fada respondeu. – Aqui está um grão de cevada; não é exatamente do mesmo tipo que cresce nas plantações das fazendas e que as galinhas comem. Plante em um vaso e veja o que vai acontecer.

– Obrigada – a mulher respondeu, entregando à fada doze centavos, que era o preço de um grão de cevada.

Ela foi para casa e plantou a semente em um vaso. Após algum tempo, brotou uma linda flor, que cresceu e ficou parecida com uma tulipa, porém com as pétalas ainda fechadas como um botão.

– Que flor linda!

A camponesa beijou as pétalas vermelhas e douradas; imediatamente, a flor desabrochou, e ela viu que era uma tulipa de verdade. Porém, dentro da flor, em cima dos estames verdes e aveludados, estava sentada uma mocinha muito delicada e graciosa. Seu tamanho mal chegava à metade de um polegar; por ser tão pequena, ela recebeu o nome de Pequena Polegar, ou Polegarzinha.

Uma casca de noz, polida até ficar bem brilhante, fazia as vezes de berço; o colchão era de folhas de violeta azul, com uma pétala de rosa servindo de cobertor. Era ali que ela passava a noite, porém, durante o dia, Polegarzinha se divertia em cima de uma mesa, onde a camponesa havia colocado um prato fundo cheio de água.

Ao redor desse prato foram dispostas grinaldas de flores, com os caules para dentro; na superfície da água, flutuava uma grande folha de tulipa, que servia à pequena como um barquinho. Ali ela sentava e se movia de um lado a outro usando dois remos feitos de crina branca. Era uma bela visão. Polegarzinha sabia cantar de uma forma tão suave e doce que nada parecido jamais fora ouvido antes.

Certa noite, enquanto ela estava deitada em sua linda cama, um sapo grande, feio e pegajoso entrou por uma vidraça quebrada e foi direto para a mesa, onde ela dormia sob a pétala de rosa.

– Ah, mas que bela esposinha esta aqui seria para o meu filho – disse o sapo, e pegou a casca de noz onde Polegarzinha estava adormecida.

Pela mesma janela por onde tinha entrado, o sapo foi-se embora, em direção ao jardim. Na margem alagada de um riacho largo viviam o sapo e seu filho, que era ainda mais feio do que o pai. Quando ele viu a bela mocinha em sua cama elegante, só conseguiu gritar: "Coax, coax".

– Não fale tão alto, assim ela acaba acordando – disse o sapo. – E então pode ser que ela fuja, pois é tão leve quanto a penugem de um cisne. Vamos colocá-la em uma das folhas de lótus lá do riacho; para ela vai parecer uma ilha, já que é tão miúda, e de lá não terá como escapar. Enquanto ela estiver no lótus, vamos nos apressar e preparar um lugar luxuoso abaixo do pântano, onde vocês vão morar depois de se casarem.

Bem adiante no riacho, cresciam várias flores de lótus, com imensas folhas verdes que pareciam flutuar na água. A maior dessas folhas parecia estar ainda mais longe do que as outras, e foi para lá que o velho sapo nadou, levando a casca de noz onde Polegarzinha ainda dormia.

A minúscula criatura acordou muito cedo pela manhã e começou a chorar amargamente quando descobriu onde estava, pois não conseguia ver nada além de água por todos os lados ao redor da folha, e nenhum modo de chegar à terra.

Enquanto isso, o velho sapo estava todo ocupado sob o pântano, decorando o ambiente com juncos e flores silvestres amarelas, para que ficasse bonito para receber sua nova nora. Em seguida, ele e o filho feioso nadaram até a folha onde tinham colocado a pobre Polegarzinha. O pai sapo queria pegar a bela cama de casca de noz e levar para o quarto nupcial, de modo que ele estivesse pronto para receber a noiva. O velho sapo se curvou perante ela na água e falou:

– Este é meu filho; ele será seu marido e vocês viverão felizes juntos no pântano ao lado do riacho.

– Coax, coax, coax – foi só o que o filho conseguiu dizer.

Em seguida, o sapo pegou a cama e a levou embora. Ele se afastou nadando e Polegarzinha ficou completamente só na folha de lótus; ela sentou e chorou muito. Não suportava a ideia de conviver com o velho sapo e de ter aquele horrível filho dele como marido. Os peixinhos que nadavam ali por baixo do lótus tinham visto e ouvido o sapo; eles levantaram a cabeça por cima da água para olhar para a mocinha.

Assim que botaram os olhos nela e viram como era linda, ficaram inconformados de pensar que ela iria viver com aqueles sapos asquerosos.

– Não, de jeito nenhum! – eles disseram.

Então eles todos se juntaram ao redor da haste verde que sustentava a folha onde a pequena estava e usaram os dentes para roer a raiz. Assim, a folha se desprendeu e saiu flutuando riacho abaixo, carregando Polegarzinha para além do alcance dos sapos.

Navegando, Polegarzinha passou por diversas cidades; quando os passarinhos nos arbustos a viam, cantavam: "Que criaturinha mais adorável". A folha de lótus flutuou para longe, cada vez mais longe, até que chegou a terras desconhecidas. Uma graciosa borboleta macho, branca, que sempre a acompanhava, por fim pousou na folha. A pequena donzela o agradava bastante e ela ficou contente com isso. O sapo não tinha mais a menor possibilidade de alcançá-la e os lugares por onde passava eram lindos. O Sol brilhava tanto que a água parecia ouro líquido. Ela tirou o cinto, amarrou uma das pontas na borboleta e prendeu a ponta oposta na folha, que agora navegava muito mais depressa do que antes, levando Polegarzinha junto.

Dali a pouco, um besouro bem grande passou voando. Assim que viu a mocinha, ele a pegou com as garras pela delicada cintura e voou com ela até uma árvore. A folha de lótus continuou flutuando no riacho e a borboleta acompanhou voando, pois estava presa pelo cinto e não tinha como se soltar.

Ah, como Polegarzinha ficou apavorada ao ser carregada para a árvore pelo besouro! Mas sua maior aflição era pela borboleta macho, que ela mesma havia prendido à folha; se ele não conseguisse se libertar, acabaria morrendo de fome. O besouro, porém, não estava se importando nem um pouco com isso. Sentou-se ao lado da mocinha, em uma folha grande, deu a ela um pouco de mel das flores para comer e lhe disse que ela era muito bonita, embora não tanto quanto um besouro.

Depois de algum tempo, todos os besouros que moravam naquela árvore vieram visitar Polegarzinha. Eles a observaram e, depois, as jovens fêmeas do grupo levantaram as antenas e disseram:

– Ela só tem duas pernas; que feio!

– E não tem antenas.

– E a cintura é finíssima. Credo, ela parece um ser humano.

– Ah, ela é horrível – disseram todas as fêmeas do bando de besouros.

O besouro que tinha capturado Polegarzinha acreditou nos demais, quando eles falaram que ela era feia. Não tendo mais nada a dizer, informou que ela poderia ir embora para onde bem quisesse. Em seguida, voou com ela da árvore e a pousou em uma margarida, e a Polegarzinha chorou diante da ideia de ser tão feia que nem besouros teriam algo a lhe dizer. No entanto, na verdade, ela era a criatura mais adorável que se poderia imaginar, e tão suave e delicada como uma linda pétala de rosa.

Durante todo o verão, a pobre Polegarzinha viveu solitária na grande floresta. Construiu para si mesma uma cama, trançando folhas de capim, e a pendurou debaixo de uma folha bem larga, para estar protegida da chuva. Para comer, ela sugava o mel das flores; para beber, tomava toda manhã o orvalho acumulado na vegetação.

Assim se passaram o verão e o outono, e então chegou o inverno, o longo e gélido inverno. Todos os pássaros, que antes haviam cantado tão docemente para ela, tinham voado para longe, e as árvores e as flores murcharam. O grande trevo que até então lhe servia de abrigo estava agora enrolado e encolhido; nada restava além do talo amarelo e murcho. Ela sentia um frio horroroso, pois as roupas já tinham se rasgado e ela era muito delicada e frágil; quase morreu congelada. Para piorar, começou a nevar, e os flocos, quando caíam em cima dela, eram como uma pá bem pesada caindo em cima de nós, pois somos altos, e ela media apenas dois centímetros e meio. Ainda tentou se esquentar enrolando-se em uma folha seca, porém a folha rachou ao meio e não podia aquecê-la. A mocinha tremia de frio.

Perto da floresta onde ela estava vivendo, havia um milharal imenso, mas o milho já tinha sido ceifado muito tempo antes; no chão congelado, só o que havia sobrado era a palha seca que fica no solo após a colheita. Para ela, a palha era como uma árvore grossa.

Ah, como ela estremecia e batia os dentes de frio. Por fim, a donzela chegou à porta de uma rata-do-mato, que tinha uma pequena toca debaixo da palha de milho. Ali ela morava com todo o conforto, aquecida, com uma sala cheia de milho, uma cozinha e uma bela sala de jantar. A coitada da Polegarzinha, parada diante da porta como uma miniatura de mendiga, pediu um grãozinho de cevada, pois fazia dois dias que não tinha nada para comer.

– Pobre criaturinha – disse a velha rata, que tinha um coração bondoso. – Entre na minha casa quente e jante comigo.

Ela simpatizou com Polegarzinha, então falou:

– Você é muito bem-vinda para ficar aqui comigo durante o inverno todo, se quiser; mas vai ter que manter minha casa limpa e arrumada, e também me contar histórias, que gosto muito de ouvir.

Polegarzinha fazia tudo aquilo que a rata lhe pedia, e ficou muito bem hospedada.

– Em breve vamos receber uma visita – disse a rata certo dia. – Meu vizinho vem me visitar uma vez por semana. Ele é mais rico do que eu, tem quartos grandes e usa um casaco de veludo preto muito bonito. Se você se casasse com ele, seria muito bem cuidada. Só que ele é cego, então conte para ele suas histórias mais bonitas.

Polegarzinha, porém, não sentiu o menor interesse por esse vizinho, pois ele era uma toupeira. Independentemente disso, ele veio fazer a visita e estava vestindo o casaco de veludo preto.

– Ele é muito rico e culto; a casa dele é vinte vezes maior do que a minha – acrescentou a rata-do-mato.

Sem dúvida ele era rico e culto; porém, sempre falava com desprezo sobre o Sol e as flores, pois nunca tinha visto nada disso. Polegarzinha foi obrigada a cantar várias músicas. Ele se apaixonou, pois a voz dela era maravilhosa; contudo, ele não declarou seu amor, já que era uma toupeira muito prudente e cautelosa. Pouco tempo antes da chegada de Polegarzinha, ele havia cavado sob a terra uma passagem bem comprida, que ia da toca da rata até a sua; por essa passagem a rata tinha permissão para caminhar com a mocinha sempre que quisesse. Mas ele alertou as duas para que não se assustassem com a visão de um pássaro morto que havia na passagem. Era um pássaro perfeito, com bico e penas, e não poderia estar morto há muito tempo. Ele estava encostado exatamente onde a toupeira tinha aberto a passagem. A toupeira carregou na boca um pedaço de madeira fosforescente, que brilhava no escuro como se fosse fogo. E com essa lasca luminosa seguiu na frente, clareando para elas o caminho comprido e escuro. Quando chegaram ao ponto onde o pássaro morto estava, a toupeira pressionou o narigão contra o teto, de modo que a terra cedeu e a luz do dia entrou na passagem, iluminando tudo.

Bem no meio do caminho estava o corpo de uma andorinha, suas belas asas alinhadas ao corpo, os pés e a cabeça retorcidos sob as penas; evidentemente, o pobre pássaro havia morrido de frio. Ver aquela cena deixou Polegarzinha muito triste, pois ela amava os passarinhos; durante todo o verão, eles haviam piado e cantado para ela de uma forma tão bonita. Com suas pernas tortas, a toupeira simplesmente empurrou a andorinha para o lado, e falou:

– Este não canta mais. Como deve ser horrível nascer passarinho. Sou muito grato porque nenhum filho meu jamais será uma ave, pois aves não sabem fazer nada além de gritar "pio, pio", e sempre morrem de fome no inverno.

– Sim, pode-se dizer isso, logo se vê como você é esperto! – exclamou a rata do mato. – Afinal, qual é a utilidade de saber piar se, quando chega o inverno, você morre congelado ou de fome? Ainda assim, pássaros são tidos em alta conta.

Polegarzinha não disse nada; no entanto, depois que os outros dois passaram e ficaram de costas para o corpo da andorinha, ela se abaixou, empurrou para o lado as penas delicadas da cabeça e deu um beijo nas pálpebras fechadas.

– Talvez tenha sido aquele que tão docemente cantou para mim durante o verão – ela falou. – E quanto prazer você me deu, lindo, querido passarinho.

A toupeira então tapou o buraco através do qual entrava a luz do dia e depois acompanhou as senhoras até em casa. Mas, à noite, Polegarzinha não conseguiu dormir; ela saiu da cama e trançou um tapete de feno grande e bonito. Transportou até o corpo do passarinho e o estendeu por cima dele, incluindo algumas flores que ela havia encontrado na sala da rata-do-campo. O tapete ficou macio como lã, e Polegarzinha espalhou um pouco de cada lado da andorinha, para que ela ficasse aquecida naquele chão gelado.

– Adeus, belo passarinho – ela disse. – Adeus. Obrigada por seu canto delicioso durante o verão, quando todas as árvores estavam verdes e o Sol nos aquecia e iluminava.

Em seguida, ela pousou a cabeça no peito do pássaro e levou um susto, pois parecia que alguma coisa dentro dele fazia "tum-tum". Era o coração; ele não estava morto de verdade, apenas moribundo por causa do frio, e o calor do tapete lhe devolvera a vida. No outono, todas as andorinhas voam para países quentes; mas, se alguma por acaso se atrasa, o frio a domina, e ela fica gelada e cai como se estivesse morta. Fica no lugar onde tombou, e a neve acaba por cobri-la.

Polegarzinha tremia, estava com bastante medo, pois o pássaro era grande, bem maior do que ela, que media menos de três centímetros. Mas se encheu de coragem, ajeitou melhor a lã sobre o pobre passarinho e depois pegou uma folha que vinha usando como roupa e pousou sobre a cabeça dele.

Na noite seguinte, ela escapou mais uma vez para ir vê-lo. Ele estava vivo, porém muito fraco; só conseguiu abrir os olhos por um momento para olhar para Polegarzinha, que estava em pé ao lado, segurando um pedacinho de madeira luminosa, pois não tinha outra fonte de luz.

– Muito obrigado, pequena senhorita – disse a andorinha adoentada. – Você me deixou tão quentinho que em breve vou recuperar as forças e conseguirei voar de novo no calor do Sol.

– Ah, mas ainda faz muito frio lá fora; está nevando, congelando. Fique aqui na sua cama quentinha, eu vou cuidar de você.

Em uma folha, ela levou um pouco de água para ele; depois de beber, o pássaro contou que tinha machucado uma das asas em um espinho, e que por isso não tinha conseguido voar tão rápido quanto as outras andorinhas, que depressa já estavam bem longe em sua jornada rumo a países quentes. Por fim, ele tinha caído no chão, e depois disso não se lembrava de mais nada, nem de como tinha ido parar lá onde ela o havia encontrado.

Durante todo o inverno, a andorinha permaneceu sob a terra e Polegarzinha cuidou dele com amor e dedicação. Ela não contou nada para a toupeira nem para a rata-do-campo, já que eles não gostavam de andorinhas. Dali a pouco chegou a primavera, e o Sol aqueceu o solo. Então a andorinha se despediu da Polegarzinha e reabriu no teto o buraco que a toupeira havia feito. O Sol brilhava lindamente sobre eles, e a andorinha perguntou se ela não gostaria de partir também. Ela poderia sentar nas costas dele, o passarinho falou, e ele a levaria embora para a floresta verdejante. Porém, sabendo que a rata-do-mato ficaria triste se ela partisse daquela maneira, respondeu:

– Não, eu não posso.

– Adeus, então. Adeus, minha bela e bondosa mocinha – a andorinha falou, e saiu voando em direção ao Sol.

❄ ❄ ❄

Polegarzinha ficou observando e lágrimas encharcaram seus olhos. Ela gostava muito da andorinha.

– Pio, pio –, cantou o passarinho voando em direção à floresta.

Polegarzinha estava bem triste. Ela não tinha permissão para sair ao calor do Sol. O milho que tinha sido ceifado na plantação próxima à toca da rata havia crescido de novo, muito alto, e para Polegarzinha, diminuta como era, parecia formar um bosque denso.

– Você vai se casar, minha pequena – disse a rata-do-mato. – Meu vizinho pediu sua mão. Que baita sorte para uma pobre criança como você! Agora nós vamos cuidar do seu enxoval. Tudo precisa ser de lã e linho. Nada deve ficar abaixo do máximo, se você vai ser a esposa da toupeira.

Polegarzinha precisou fiar e fiar, e a rata contratou quatro aranhas para tecer dia e noite. Todos os dias, ao entardecer, a toupeira aparecia para visitar, e ficava o tempo todo falando sobre como seria quando o verão chegasse ao fim. Daí ele se casaria com Polegarzinha; não agora, pois o calor do Sol era tamanho que queimava a terra e a deixava dura feito pedra. Assim que o verão terminasse, o casamento aconteceria. Mas Polegarzinha não estava nem um pouco satisfeita com isso, pois não gostava nada do senhor toupeira, que era muito chato.

Todas as manhãs, quando o Sol raiava, e todas as tardes, quando se punha, Polegarzinha se esgueirava pela porta; e quando o vento soprava as espigas para o lado e ela conseguia enxergar o céu azul, pensava em como lá fora tudo parecia tão lindo e resplandecente, e como desejava muito ver de novo seu querido amigo, a andorinha. Mas ele não apareceu, pois desta vez tinha conseguido voar para bem longe em direção às florestas quentes.

Quando o outono chegou, o vestido de noiva estava quase pronto, e a rata-do-mato disse:

– A cerimônia deve ocorrer em quatro semanas.

Daí Polegarzinha chorou e disse que não se casaria com a desagradável toupeira.

– Bobagem – a rata respondeu. – Não seja teimosa, ou vou morder você com meus dentões brancos. Ele é uma toupeira muito bonita; nem a própria rainha veste peles e veludos mais finos. A despensa e a cozinha dele estão cheias. Você deveria estar muito grata por ter tanta sorte.

Então marcaram a data em que a toupeira iria levá-la para sua toca, que ficava bem fundo na terra, e *ela* jamais veria de novo o Sol quentinho, porque *ele* não gostava. A pobre criança estava muito infeliz diante da ideia de se despedir para sempre do lindo Sol; como a rata lhe deu permissão para ficar junto à porta, ela foi para lá, para observá-lo pela última vez.

– Adeus, Sol brilhante – ela chorou, esticando os braços na direção dele; depois, deu uns poucos passos para longe da casa, pois o milho tinha sido colhido de novo, e agora só a palha seca permanecia nos campos. – Adeus, adeus – ela repetia, abraçando uma florzinha vermelha que tinha crescido bem onde ela estava. – Cumprimente a andorinha em meu nome, se por acaso você o vir de novo.

– Pio, pio – soou, de repente, acima da cabeça dela.

Polegarzinha olhou para cima, e lá estava a andorinha, voando bem perto dela. Assim que viu a miúda, o pássaro ficou felicíssimo. Ela lhe contou como estava contrariada por se casar com a toupeira feiosa e a partir dali viver para sempre debaixo da terra e nunca mais tornar a ver o Sol. Enquanto contava, chorou.

– O inverno está chegando – a andorinha respondeu – e eu vou voar de novo para algum lugar mais quente. Por que não vem comigo? Você pode sentar nas minhas costas e se amarrar com a cinta. Podemos fugir voando da toupeira feiosa e desses ambientes tristonhos; podemos ir para muito, muito longe, por cima das montanhas, para países quentes, onde o Sol brilha com mais força do que aqui; nesses lugares é sempre verão, e as flores desabrocham com muito mais beleza. Venha comigo agora, minha pequena adorável; você salvou minha vida quando eu estava congelando naquela passagem escura e tenebrosa.

– Sim, eu vou com você – Polegarzinha respondeu, e sentou nas costas do pássaro, apoiando os pés nas asas abertas dele e se amarrando com a cinta a uma das penas mais fortes.

A andorinha levantou voo e ganhou cada vez mais altura, enquanto voava sobre florestas e mares, muito acima das maiores montanhas, cobertas de neve perpétua. Polegarzinha teria congelado no ar frio, se não tivesse se enfiado por baixo das penas mornas do pássaro, deixando de fora apenas a cabecinha, para poder admirar as lindas paisagens que eles sobrevoavam. Depois de algum tempo, chegaram aos países quentes, onde o Sol brilha forte e o céu parece mais alto e mais longe da terra. Aqui, nas cercas vivas e na margem das estradas, cresciam uvas roxas, verdes e brancas; limões e laranjas pendiam das árvores nos campos, e o ar era perfumado de murta-cheirosa e flores de laranjeira. Belas crianças corriam pelas ruas do país, brincando com borboletas grandes e alegres; e, conforme a andorinha voava para mais e mais longe, cada lugar parecia ainda mais lindo.

Por fim, eles chegaram a um lago azul, e, ao lado dele, sombreado pelo verde mais profundo, havia um deslumbrante palácio de mármore branco, construído em tempos antigos. As trepadeiras cresciam em volta dos pilares elevados, e no topo deles havia diversos ninhos de andorinhas; um deles era o lar da que tinha transportado Polegarzinha.

– Esta é a minha casa – disse a andorinha –, mas não você não poderia morar nela, não ficaria confortável. Escolha uma dessas adoráveis flores para morar. Eu a levarei até lá e a deixarei bem instalada no meio das pétalas. Você então terá tudo o que desejar para ser feliz.

– Isso vai ser maravilhoso – ela respondeu, batendo as mãozinhas de pura alegria.

Um dos enormes pilares de mármore havia tombado e se partido em três pedaços com a queda. Entre esses pedaços, cresciam as mais lindas flores brancas gigantes, então a andorinha voou lá para baixo com Polegarzinha e a depositou em cima de uma das grandes folhas. Mas qual não foi sua surpresa quando, no centro da folha, ela viu um homem diminuto, tão branco e transparente como se fosse feito de cristal! Ele usava uma coroa de ouro e tinha delicadas asas saindo dos ombros, e não era muito maior do que a Polegarzinha. Ele era o anjo da flor, pois há um homem minúsculo e uma minúscula mulher que vivem em todas as flores, e ele era o rei deles todos.

– Ah, como ele é lindo! – Polegarzinha cochichou para a andorinha.

O pequeno príncipe ficou, primeiro, bem assustado com o pássaro, que era quase um gigante quando comparado ao seu tamanho reduzido; mas, depois, quando viu Polegarzinha, ficou encantado e achou que ela era a mocinha mais linda que ele jamais tinha conhecido. Ele tirou a coroa de ouro da própria cabeça e colocou na dela, perguntou como se chamava e se aceitaria se casar com ele e ser a rainha de todas as flores.

Com toda a certeza, este era um tipo de marido totalmente diferente do filho do sapo e da toupeira com seus casacos de pele e veludo, então ela disse "Sim!" ao belo príncipe. Daí todas as flores desabrocharam, e de cada uma saiu uma miniatura de dama ou de cavalheiro, todos tão bonitos que observá-los era uma delícia. Cada um ofereceu a Polegarzinha um presente, mas o melhor de todos foi um par de belas asas que, antes, tinha pertencido a uma grande mosca branca. Eles amarraram as asas aos ombros de Polegarzinha para que ela pudesse voar de uma flor a outra.

Houve muitos festejos e celebração, e pediram que a andorinha, sentada lá no alto em seu ninho, cantasse uma música de casamento; ele cantou o melhor que conseguiu, mas seu coração estava triste, pois adorava Polegarzinha e gostaria de nunca se separar dela de novo.

– Você não vai mais se chamar Polegarzinha – o espírito das flores disse a ela. – É um nome muito feio, e você é tão adorável. Nós vamos lhe chamar de Maia.

– Adeus, adeus – despediu-se a andorinha, com o coração pesado, ao partir do país quente de volta para a Dinamarca, onde ele tem um ninho na janela de uma casa onde vive um autor de contos de fadas.

A andorinha cantou "pio, pio", e dessa canção nasceu toda a história.

A PRINCESA DE VERDADE

Era uma vez um príncipe que queria se casar com uma princesa. Mas notem: precisava ser uma princesa de verdade. Assim, ele viajou pelo mundo todo procurando, mas toda vez aparecia alguma coisa para atrapalhar. Não é que faltassem princesas, mas ele não conseguia ter certeza de que elas eram de verdade, pois algum aspecto era sempre insatisfatório. Então, ele voltou para casa de novo se sentindo bem desanimado, porque queria muito casar com uma princesa de verdade.

Certa noite, houve uma tempestade medonha, com trovões, relâmpagos e uma chuvarada que caía com toda a força; foi assustador. No meio do temporal, bateram no portão da cidade, e o velho rei saiu para abrir.

Quem estava do lado de fora era uma princesa. Mas, coitadinha, o estado em que se encontrava! A água pingava do cabelo e da roupa, escorria pela ponta dos sapatos e descia pelos saltos; ainda assim, ela afirmava e insistia que era uma princesa de verdade.

"Muito bem", a velha rainha pensou, "logo saberemos". Ela não disse nada, mas foi ao quarto onde a mocinha iria dormir, retirou toda a roupa de cama e colocou uma ervilha sobre o estrado. Em seguida, pôs por cima da ervilha vinte colchões e, em cima deles, vinte edredons de pena.

A princesa dormiu nesta cama e, pela manhã, perguntaram-lhe como tinha passado a noite.

– Terrivelmente! – ela respondeu. – Mal fechei os olhos a noite toda. Não sei o que havia na cama. Fiquei deitada em cima de alguma coisa tão dura que me deixou manchas roxas e azuis no corpo todo. Foi horrível.

Isso tornou evidente o fato de ela ser uma princesa de verdade, pois através de vinte edredons de pena e de vinte colchões ela sentiu a ervilha. Ninguém, a não ser uma princesa, seria tão delicada.

Então o príncipe a tomou por esposa, pois sabia que tinha encontrado uma princesa de verdade. A ervilha foi guardada no gabinete de curiosidades, e ainda está lá, a menos que alguém a tenha roubado.

E prestem bem atenção: esta é uma história real.

A RAINHA DA NEVE

PRIMEIRA HISTÓRIA, QUE DESCREVE UM ESPELHO E SEUS CACOS

Você deve prestar bastante atenção ao início desta história, pois, quando chegarmos ao fim dela, saberemos bem mais do que sabemos agora sobre um duende muito malvado; ele era um dos espíritos mais travessos que existiam, era um diabo de verdade.

Um dia, quando estava de bom humor, ele criou um espelho que tinha o poder de encolher, até quase ficarem invisíveis, todas as coisas boas ou bonitas que fossem refletidas nele, enquanto tudo que fosse imprestável ou ruim ficava aumentado de modo a parecer dez vezes pior do que era na verdade.

As paisagens mais deslumbrantes pareciam espinafre cozido e todas as pessoas ficavam medonhas, como se tivessem apenas cabeça, sem um corpo. Os rostos eram tão distorcidos que ninguém reconhecia ninguém, e até mesmo uma pintinha discreta na bochecha virava uma mancha enorme, que cobria o nariz inteiro e a boca. O diabo achava isso muito divertido. Quando um pensamento bondoso ou sagrado passava pela cabeça de uma pessoa, o que o espelho mostrava era uma careta. Ah, como ele dava risada dessa invenção maléfica.

Todos que frequentavam a escola de feitiços do diabrete (porque, sim, ele possuía uma escola!) falavam das maravilhas que tinham visto e declaravam que agora, pela primeira vez, era possível enxergar o mundo e seus habitantes do jeito como eles eram de fato. Eles levavam o espelho que tudo distorcia para todos os lugares, até que, no fim, não existia mais paisagem nem pessoa que não tivesse sido olhada através dele.

Então tiveram a ideia de voar com ele até o céu, para ver os anjos; porém, quanto mais alto subiam pelos ares, mais escorregadio o espelho se tornava, e eles mal conseguiam segurá-lo. No final, o espelho escorregou das mãos deles, caiu na terra e se partiu em milhões de caquinhos.

Agora, o espelho provocava mais infelicidade do que antes, pois alguns pedaços tinham o tamanho de um grão de areia e voaram pelo mundo todo, espalhando-se por todos os países. E quando um desses fragmentos minúsculos voava para dentro do olho de uma pessoa, ficava preso lá, sem que a pessoa soubesse nem sentisse; daquele momento em diante, a pessoa via tudo do jeito errado e só conseguia enxergar o pior lado de tudo, pois mesmo a menor das lascas tinha o mesmo poder que antes era do espelho inteiro.

Houve gente que recebeu um estilhaço no peito, e isso era terrível, pois o coração ficou frio e duro como um cubo de gelo. Alguns pedaços eram tão grandes que poderiam ser vidraças de janela, e teria sido muito triste olhar através deles para os amigos lá fora. Outros cacos foram transformados em óculos e causaram um estrago medonho, pois quem os usava não conseguia ver nada bom nem certo. Diante de tudo isso, o diabo travesso dava tanta risada que até tremia, só de ver o que tinha aprontado. Ainda hoje existem cacos daquele espelho flutuando por aí, e agora vocês vão saber o que aconteceu com um deles.

SEGUNDA HISTÓRIA, QUE FALA DE UM MENININHO E DE UMA MENININHA

Em uma cidade bem grande, cheia de casas e de gente, não há espaço para que todas as pessoas tenham um jardim, mesmo que seja um pequeno. A maioria dos habitantes é obrigada a se contentar com um punhado de flores em vasos.

Em uma dessas grandes cidades viviam duas crianças pobres que tinham um jardim maior e mais bonito do que uns poucos vasos de flores. As crianças não eram irmão e irmã, mas se amavam quase tanto quanto se fossem. Os pais delas moravam de frente uns para os outros em dois sótãos onde os telhados de casas vizinhas quase se tocavam, e o cano de água passava entre eles. Em cada sótão havia uma janelinha, para que qualquer um pudesse cruzar de uma janela para a outra saltando a calha.

Os pais das crianças tinham grandes caixas de madeira onde cultivavam hortaliças para consumo próprio, e em cada caixa havia uma pequena roseira que crescia abundantemente.

Certo dia, os pais decidiram colocar as duas caixas de atravessado em relação ao cano de água, de modo que elas se estendiam de uma janela até a outra, parecendo dois canteiros. Os caules da ervilheira cresciam e se curvavam sobre as caixas, enquanto das roseiras brotavam ramos compridos, que se enroscavam em torno das janelas e formavam ramalhetes, quase como um arco de folhas e flores.

As caixas ficavam bem no alto, e as crianças sabiam que não deviam subir nelas sem permissão. Porém, com frequência, tinham autorização para sair, sentar em seus banquinhos debaixo das roseiras e brincar juntas.

No inverno, todo esse prazer acabava, porque as janelas às vezes ficavam congeladas. Quando isso acontecia, as crianças esquentavam moedas de cobre no forno e depois pressionavam contra o vidro congelado; logo surgia um buraco de nitidez por onde elas podiam espiar, e os olhinhos azuis, luminosos e suaves do menino e da menina brilhavam, cada um em sua janela, quando eles observavam um ao outro. Os nomes deles eram Kay e Gerda. No verão, bastava saltar pela janela e eles conseguiam estar juntos, mas, no inverno, precisavam descer a longa escadaria e enfrentar a neve antes de se encontrar.

– Olha! Um enxame de abelhas brancas – disse a avó de Kay certo dia, quando estava nevando.

– Tem uma abelha-rainha? – o menino perguntou, pois sabia que as abelhas de verdade sempre têm uma rainha.

– Claro que sim – respondeu a avó. – Ela está voando no meio, onde o enxame é mais grosso. É a maior de todas as abelhas e nunca fica em terra, mas voa até as nuvens escuras. Muitas vezes, à meia-noite, ela voa pelas ruas da cidade e solta sua respiração fria contra as janelas, e então o gelo gruda nos vidros nos formatos mais lindos, como flores e castelos.

– Eu já vi esses desenhos – disseram as crianças; e sabiam que devia ser verdade.

– A Rainha da Neve pode vir aqui dentro? – a menininha perguntou.

– Deixa só ela entrar – respondeu o menino. – Vou colocar o corpinho frio no forno aquecido e, em um instante, ela vai se descongelar.

A avó fez um cafuné no netinho e contou mais histórias.

Naquela mesma noite, estava o pequeno Kay no quarto, já meio despido para ir dormir, quando subiu em uma cadeira junto à janela e espiou pelo buraco redondo. Caíam uns flocos de neve e um deles, bem maior do que os outros, pousou na borda de uma das caixas de flor. Por mais estranho que pareça, esse floco foi crescendo e crescendo, até que tomou a forma de uma mulher; ela vestia uma roupa de linho branco que parecia feita de um milhão de cintilantes flocos de neve presos uns aos outros. Ela era doce e linda, porém, feita de gelo; um gelo resplandecente, deslumbrante. Ainda assim, estava viva, e seus olhos faiscavam como estrelas brilhantes, apesar de neles não haver paz nem sossego. Ela olhou na direção da janela e fez um aceno. O menininho ficou com muito medo e saiu correndo da cadeira, e na mesma hora pareceu que um pássaro bem grande tinha passado voando em frente à janela.

No dia seguinte, houve uma geada leve, e logo chegou a primavera. O Sol brilhou, as folhinhas brotaram, as andorinhas construíram ninhos, as janelas foram abertas e as crianças mais uma vez sentaram em seu jardim no telhado, bem acima dos outros quartos.

Como as rosas floresceram lindas neste verão! A menininha havia aprendido uma canção que falava de rosas. Ela pensou nas rosas deles e cantou para o menino, que a acompanhou:

As rosas podem desabrochar e desaparecer,
Mas o Menino Jesus há de sempre permanecer.

Hans Christian Andersen

Abençoados somos nós por a face dele ver,
E criancinhas para sempre ser.

Então os pequenos se deram as mãos, beijaram as rosas, olharam para o Sol e falaram como se o próprio Menino Jesus estivesse realmente ali. Ah, foram dias de verão gloriosos. Como era lindo e fresco entre as roseiras, viçosas como se nunca mais fossem parar de florescer.

Certo dia, Kay e Gerda estavam vendo juntos um livro com figuras de animais. Bem quando o relógio da torre da igreja deu as doze badaladas, Kay falou:

– Ai, alguma coisa bateu no meu coração! – e logo em seguida: – E entrou alguma coisa no meu olho!

A menininha pôs o braço em volta de seu pescoço e observou o olho dele, mas não viu nada.

– Acho que já saiu – ele disse, mas não tinha saído.

Era um daqueles cacos do espelho mágico do qual falamos agora há pouco, que fazia tudo de grande e bonito parecer pequeno e feio, enquanto tudo que era imprestável e mau se tornava mais visível, e cada pequeno erro podia ser claramente enxergado. O coitadinho do Kay também tinha recebido um pequeno fragmento no coração, que rapidamente virou uma pedra de gelo. Ele não sentia mais dor nenhuma, mas o gelo ainda estava lá.

– Por que está chorando? – ele disse, por fim. – Faz você ficar muito feia. Não aconteceu nada, estou bem! Arre! – ele exclamou, de repente. – Esta rosa foi comida por larvas, e esta outra aqui está bem torta. No fim das contas, são umas rosas bem feias, como a caixa em que crescem – e dizendo isso ele chutou as caixas e arrancou as duas rosas.

– Kay, o que você está fazendo? – a pequena gritou, e ele, ao ver como ela estava triste, arrancou mais uma rosa e foi para dentro saltando pela janela, para ficar bem longe da doce Gerda.

Quando, mais tarde, ela voltou com o livro de figuras, ele falou:

– Isso aí é para bebês que ainda usam fraldas.

E quando a avó contava histórias, ele ficava toda hora interrompendo; ou, de vez em quando, ia para trás da cadeira em que ela estava, punha uns óculos e a imitava com muita habilidade, fazendo todos darem risada. Aos poucos, o menino começou a copiar a fala e os modos das pessoas na rua. Tudo que era esquisito ou desagradável em alguém, ele imitava abertamente, e as pessoas diziam:

– Esse menino vai longe, ele tem uma cabeça privilegiada.

Mas eram o pedaço de espelho no olho e a frieza no coração que o levavam a agir assim. Kay provocava até a pequena Gerda, que o amava de todo o coração.

As brincadeiras dele também se modificaram, não eram mais tão infantis. Certo dia de inverno, quando tinha nevado, ele saiu ao ar livre com uma lupa e depois, esticando uma ponta do casaco azul, deixou que os flocos pousassem.

– Agora olhe para os flocos através da lente, Gerda.

Ela viu como cada floco ampliado parecia uma flor belíssima ou uma estrela das mais brilhantes.

– Não é interessante? Muito mais interessante do que olhar para flores de verdade. Não têm uma única falha. Flocos de neve são perfeitos, até começarem a derreter.

Pouco depois, Kay surgiu usando luvas enormes, grossas, e com o trenó às costas. Ele chamou Gerda:

– Consegui autorização para ir até a praça grande onde os outros meninos brincam – e lá foi ele.

Na grande praça, os meninos mais corajosos com frequência prendiam seus trenós às carroças dos camponeses, para assim deslizar de carona. Era muito gostoso. Porém, enquanto eles se divertiam, e Kay com eles, apareceu um trenó enorme, pintado de branco, no qual estava sentada uma pessoa agasalhada com um casaco de pele e um gorro brancos. O trenó deu duas voltas na praça e Kay amarrou o dele, bem menor, no grandão, para deslizar junto. O trenó grande foi cada vez mais depressa e passou para a rua seguinte; a pessoa que dirigia se virou para trás e acenou amigavelmente para Kay, como se eles fossem bem conhecidos um do outro; mas toda vez que Kay queria soltar seu trenozinho, a figura se virava e acenava, como que dizendo que era para ele ficar. Então Kay ficou, e eles avançaram até ultrapassar o portão da cidade.

A neve começou a cair com tanta força que o menino já não enxergava um palmo adiante do nariz, mas mesmo assim eles continuaram. Ele soltou a corda de supetão, para que o trenó grande seguisse sem ele, mas foi inútil; o trenozinho estava bem preso, e os dois iam rápido como o vento. Ele chamou bem alto, mas ninguém escutou, e enquanto isso a neve continuava caindo pesado e os trenós continuavam deslizando a toda velocidade. De vez em quando, o trenó dava um tranco, como se eles estivessem passando por cima de canteiros ou valas. O menino estava assustado e tentou dizer uma prece, mas não conseguiu se lembrar de nada além da tabuada.

Os flocos de neve tinham ficado maiores e agora pareciam grandes pássaros brancos. De repente, eles saltaram de lado, o trenó grande parou e a pessoa que estava conduzindo ficou de pé. O casaco de pele e o gorro, que eram totalmente feitos de neve, caíram, e Kay viu uma mulher alta e branca. Era a Rainha da Neve.

– Foi um bom passeio – ela disse. – Mas por que você está tremendo assim? Tome, vista meu casaco.

Ela o pôs sentado a seu lado no trenó, e, quando o envolveu com o casaco, ele sentiu como se estivesse afundando em um monte de neve.

– Você ainda está com frio? – ela perguntou, e lhe deu um beijo na testa.

O beijo era mais frio do que gelo e pareceu chegar até o coração dele, que já era quase um pedaço de gelo por si só. Kay sentiu como se fosse morrer, mas essa impressão só durou um momento; ele logo se sentiu melhor e nem percebia mais o frio do entorno.

"Meu trenó, não esquece meu trenó", foi o primeiro pensamento que ele teve, mas então olhou para trás e viu que estava bem seguro, transportado pelos pássaros brancos que voavam atrás deles. A Rainha da Neve beijou Kay de novo, e desta vez ele se esqueceu da pequena Gerda, de sua avó e de todos em casa.

– Agora chega de beijos – ela falou –, do contrário vou lhe dar o beijo da morte.

Kay a observou. Ela era tão linda que ele não conseguia imaginar um rosto mais adorável; e não parecia mais ser feita de gelo, como ele achou quando a viu pela janela e ela acenou.

Aos olhos de Kay, ela era perfeita e não lhe dava medo nenhum. Ele contou que conseguia fazer contas de cabeça, até frações, e que sabia quantos quilômetros quadrados o país tinha, e quantos habitantes também. A Rainha sorriu, e o menino achou que ela não acreditava que ele já soubesse tanta coisa assim.

Kay olhou ao redor, para a imensa vastidão, enquanto ela conduzia o trenó para o alto, em direção às nuvens escuras, conforme a tempestade soprava e uivava como se estivesse cantando músicas de tempos antigos. Eles sobrevoaram florestas e lagos, mares e terra; abaixo deles, o vento selvagem rugia; lobos uivavam e a neve crepitava; sobre eles, corvos gritavam e, acima de tudo, brilhava a Lua, iluminada e cintilante. E assim Kay passou pela longa, longa noite de inverno, e durante o dia ele dormia aos pés da Rainha da Neve.

TERCEIRA HISTÓRIA, QUE FALA SOBRE UM JARDIM ENCANTADO

Como passou a pequena Gerda na ausência de Kay?

O que tinha acontecido com ele ninguém sabia, nem havia quem pudesse dar a menor informação a respeito, a não ser os meninos, que contaram que Kay havia amarrado o trenó a outro, bem maior, e que este, por sua vez, tinha dirigido pelas ruas até passar do portão da cidade. Nenhum dos meninos sabia para onde tinham ido. Muitas lágrimas foram derramadas por Kay, e Gerda chorou amargamente por um longo período. Ela falou que sabia que ele estava morto, que tinha se afogado no rio que passava perto da escola. Os longos dias de inverno foram terríveis. Mas por fim chegou a primavera, com raios de sol bem quentinhos.

– Kay está morto, partiu pra sempre – a pequena Gerda dizia.

– Eu não acredito – disse o raio de sol.

– Kay está morto, partiu pra sempre – ela repetiu para os pardais.

– Nós não acreditamos nisso – eles responderam, até que ela começou a duvidar de si mesma.

– Vou calçar meus sapatos vermelhos novos – ela disse, certa manhã –, aqueles que o Kay nunca viu, e depois vou descer o rio perguntando por ele.

Era bem cedo de manhã quando Gerda deu um beijo na avó, que ainda estava dormindo; em seguida, ela calçou os sapatos vermelhos e saiu sozinha, pelo portão da cidade, em direção ao rio.

– É verdade que você roubou meu companheiro de brincadeiras? – ela perguntou ao rio. – Eu lhe dou meus sapatos vermelhos se você devolver o Kay para mim.

Parecia que as ondas estavam se agitando de um jeito esquisito. Gerda tirou os sapatos vermelhos, que ela adorava mais do que qualquer outra coisa, e os jogou na água; mas eles caíram perto da margem, e as ondinhas carregaram o par de volta para a terra, como se o rio não fosse aceitar uma coisa tão adorada, já que não ia mesmo devolver o pequeno Kay para ela.

Gerda, porém, achou que não tinha atirado longe o suficiente, então entrou em um barco que estava em meio ao junco, foi até a ponta que estava mais avançada na água e atirou os sapatos de novo; mas o barco não estava amarrado, e o movimento dela fez com que ele se afastasse da margem. Quando ela percebeu, correu para a ponta oposta, mas, antes que chegasse lá, o barco já tinha deslizado, estava agora a mais de um metro da terra firme e navegando bem depressa.

A pequena Gerda ficou com muito medo e começou a berrar, mas ninguém escutou; só os pardais, que não tinham força suficiente para carregar a menina de volta, então voaram acompanhando o barco e cantaram para reconfortá-la:

– Nós estamos aqui! Nós estamos aqui!

O barco seguia pela correnteza e a menina ficou sentada quietinha, só de meias; os sapatos iam boiando atrás, mas ela não conseguia pegar, porque o barco ia muito na frente.

As margens de ambos os lados do rio eram muito bonitas. Havia belas flores, árvores antigas, campos em desnível nos quais vacas e ovelhas pastavam, mas nem um único ser humano.

"Quem sabe o rio me leve até o Kay" – ela pensou, e isso a fez sentir-se mais animada.

Gerda levantou a cabeça e ficou apreciando as margens verdejantes, e assim o barco navegou por muitas horas. Finalmente, ela chegou a um grande pomar de cerejas, no qual havia uma casinha com estranhas janelas vermelhas e azuis. A casa tinha também um telhado de palha e, do lado de fora, havia dois soldados de madeira que apresentaram armas enquanto ela passava diante deles no barco. Gerda chamou, pensando que eram pessoas, mas é claro que eles não responderam. Foi só quando o barco chegou mais perto que ela viu o que eles eram de verdade.

Gerda gritou ainda mais alto, e eis que uma senhora muito idosa saiu da casa, apoiando-se em uma muleta. Ela usava um chapéu bem largo para se proteger do sol, e nele estavam pintadas flores maravilhosas de todo tipo.

– Minha pobre criança – disse a velha –, como você conseguiu vir tão longe assim, sozinha nesse mundão, em uma correnteza tão forte e tão rápida?

A velha então caminhou para dentro do rio, enganchou a muleta no barco, puxou-o para a terra, ergueu a pequena Gerda e a tirou de lá. A menina ficou muito aliviada por se ver novamente em terra firme, apesar de estar um pouco assustada com a velha esquisita.

– Venha e me conte quem você é e como chegou aqui – ela disse.

Gerda contou tudo, enquanto a velha escutava abanando a cabeça e murmurando "hum-hum". Quando terminou o relato, a menina perguntou se por acaso a velha não tinha visto Kay por ali. Ela respondeu que ele não tinha passado por lá, mas que muito provavelmente ainda iria passar. Disse a Gerda para não ficar triste, que melhor era comer as cerejas e apreciar as flores, que eram melhores do que qualquer livro de figuras, pois cada uma contava uma história. Depois, tomou Gerda pela mão e a levou para dentro da pequena casa, fechando a porta atrás de si. As janelas ficavam bem no alto, e como os vidros eram vermelhos, azuis e amarelos, os raios de sol que entravam tinham as cores mais impressionantes. Sobre a mesa havia algumas cerejas muito apetitosas, e Gerda teve permissão para comer quantas quisesse. Enquanto ela as estava saboreando, a velha usou uma escova dourada para pentear seus longos cachos, também dourados, e as madeixas sedosas penderam de cada lado de seu rostinho redondo e gracioso, que tinha a aparência fresca e viçosa de uma rosa.

– Fazia muito tempo que eu queria uma menina como você – a velha disse. – Agora você vai ficar comigo e vai ver só como vamos viver felizes juntas aqui.

Enquanto ela penteava o cabelo da pequena Gerda, a menina pensava cada vez menos em Kay, seu irmão de adoção, pois a velha era uma feiticeira, embora não fosse má. Ela só fazia uns encantamentos para se divertir um pouco e, agora, porque queria ficar com Gerda. Assim, ela voltou ao jardim, apontou a muleta na direção das lindas roseiras e elas imediatamente afundaram na terra escura, de modo tão completo e sem deixar pistas que ninguém poderia dizer onde elas tinham estado antes. A velha receava que, vendo as rosas, Gerda se lembrasse das que tinha em casa, e depois de Kay, e então fugisse.

Depois, ela levou Gerda ao jardim. Como era lindo e perfumado! Qualquer flor que se pudesse imaginar, de todas as estações do ano, estavam ali reunidas em pleno desabrochar; nenhum livro de figuras poderia ter cores mais bonitas. Gerda dava pulos de alegria, e brincou até que o Sol se escondeu atrás das altas cerejeiras. Ela dormiu em uma cama muito confortável, com travesseiros de seda bordados com violetas coloridas, e dormiu tão bem quanto uma rainha em sua noite de núpcias.

No dia seguinte, e por muitos dias depois daquele, Gerda brincou com as flores sob o Sol quentinho. Ela conhecia cada flor, mas mesmo assim, de tantas que eram, sempre parecia que faltava uma, mas qual seria ela não conseguia dizer. Um dia, porém, enquanto ela estava sentada observando o chapéu de flores pintadas da velha, Gerda viu que a mais bonita de todas era uma rosa. A velha tinha se esquecido de eliminar a rosa do chapéu, quando fez todas as rosas do jardim afundarem na terra. É difícil pensar em todos os detalhes de tudo o tempo todo, e acontece que um minúsculo erro acaba pondo a perder todos os nossos arranjos.

– O quê? Não tem rosas aqui? – Gerda exclamou, e saiu correndo pelo jardim, e examinou todos os canteiros, e procurou até cansar. Não havia uma única rosa em todo o local. Então ela sentou e chorou, e as lágrimas caíram bem no lugar onde uma das roseiras tinha afundado.

As lágrimas quentes umedeceram a terra, e a roseira brotou subitamente, tão carregada de flores como estava quando foi afundada. Gerda a abraçou, beijou as flores e pensou nas rosas lindas que tinha em casa, e, em seguida, no pequeno Kay.

– Ah, que tempão fiquei presa aqui! – disse a jovem senhorita. – Eu queria procurar o Kay. Vocês sabem onde ele está? – ela perguntou às rosas. – Acham que ele morreu?

E as rosas responderam:

– Não, ele não morreu. Nós estivemos no chão profundo, onde ficam todos os mortos, e Kay não está lá.

– Obrigada – Gerda falou, e dirigindo-se para outras flores, olhou para dentro delas e perguntou: – Vocês sabem onde está o Kay?

Mas cada flor, encantada com os raios de sol, só estava interessada nos próprios sonhos, em suas histórias e contos de fadas. Nenhuma delas sabia nadinha sobre Kay. Quando Gerda perguntou a elas sobre o menino, o que ouviu em resposta foram muitas histórias.

Ela correu para a ponta oposta do jardim. O portão estava fechado, mas a menina pressionou as dobradiças enferrujadas, e elas cederam. O portão se abriu totalmente e Gerda, descalça como estava, saiu correndo mundo afora. Olhou para trás três vezes, mas parecia que não tinha ninguém seguindo. Quando ficou tão cansada que não conseguia dar nem mais um passo, ela sentou para descansar em uma pedra grande; observou em volta e percebeu que o verão tinha acabado, e que o outono já estava plenamente estabelecido. Gerda não tinha percebido nenhuma mudança no tempo enquanto esteve no belo jardim onde o sol brilhava e as flores desabrochavam do mesmo jeito ao longo do ano todo.

– Ah, eu perdi tanto tempo! – ela exclamou. – Já é outono! Chega de descanso – e ela se pôs de pé para retomar a busca.

Seus pés, porém, estavam muito machucados, e tudo ao redor parecia frio e deserto. As longas folhas do salgueiro estavam já bastante amareladas, o orvalho vertia feito água, folha após folha caía das árvores; só o abrunheiro ainda dava frutos, mas eles amarram a boca. Ah, o mundo estava mesmo escuro e de causar arrepios!

QUARTA HISTÓRIA, QUE FALA SOBRE
UM PRÍNCIPE E UMA PRINCESA

Gerda foi obrigada a fazer mais uma pausa para descanso. Enquanto ela estava sentada, um corvo se aproximou, saltando na neve. Ele parou na frente dela e a observou por algum tempo, depois entortou um pouco a cabeça e disse:

– Croc, croc, bom dia, bom dia.

Ele pronunciou as palavras o melhor que conseguiu, porque estava tentando ser gentil com a menininha, e depois perguntou para onde ela estava indo, sozinha, no meio daquela terra selvagem.

A palavra "sozinha" Gerda entendeu perfeitamente, e sentiu tudo o que ela significava. Então ela contou ao corvo toda a história de sua vida, todas as aventuras, e concluiu perguntando se ele tinha visto o pequeno Kay. O corvo mexeu a cabeça de um modo muito sério e falou:

– Talvez eu tenha visto; pode ser.

– Não! Jura? Você acha que viu Kay? – Gerda gritou, e beijou o corvo e o abraçou tão forte que quase o esmagou de tanta alegria.

– Calma, calma – o corvo pediu. – Eu acho que sim. Talvez seja o seu Kay; mas a esta altura ele já se esqueceu de você, por causa da princesa.

– Ele mora com uma princesa? – Gerda quis saber.

– Sim, ouça – o corvo respondeu. – Ah, mas é tão difícil falar seu idioma. Se você entender o meu, consigo explicar melhor. Você fala a língua dos corvos?

– Não, eu nunca aprendi, mas minha avó entende e costumava falar na língua dos corvos comigo. Queria ter aprendido.

– Bem, não faz mal. Vou explicar o melhor que puder, mas não vai ficar muito bom – o corvo respondeu.

Ele então contou tudo que tinha ouvido:

– Neste reino onde estamos agora, vive uma princesa tão incrivelmente esperta que já leu todos os jornais do mundo. Também já esqueceu tudo que leu, apesar de ser tão inteligente. Algum tempo atrás, quando estava sentada no trono, que as pessoas dizem que não é um assento tão agradável quanto normalmente se acredita, bem, ela estava sentada no trono e começou a cantar uma música que começa com: "Por que eu não deveria me casar?". Depois de cantarolar, ela pensou: "Ora, de fato, por que eu não me casaria?". A princesa resolveu então que iria sim se casar, se conseguisse encontrar um marido que soubesse conversar, e não apenas que fosse bonito, pois gente de boa aparência, mas que não tem nada a dizer, é muito chata.

E o corvo continuou:

– Então ela fez soar o tambor e, atendendo ao chamado, todas as damas da corte se reuniram. Quando ouviram a decisão da princesa, ficaram bem contentes e disseram: "Estamos muito felizes, outro dia mesmo estávamos conversando sobre isso". Você pode acreditar no que estou dizendo, garotinha, pois eu tenho uma namorada domesticada que voa livremente pelo palácio, e foi ela que me contou tudo isso.

Claro que a namorada do corvo era uma ave do mesmo tipo, pois os semelhantes se atraem, e corvos sempre namoram corvos. O relato do corvo prosseguiu:

– Os jornais imediatamente foram impressos com corações nas margens das páginas e as iniciais da princesa entre os desenhos. Eles noticiaram que todos os jovens que fossem bonitos estavam convidados a ir ao castelo conversar com a princesa, que os que conseguissem responder alto o suficiente para serem ouvidos seriam convidados a ficar, e que aquele que respondesse melhor seria escolhido como marido para a princesa. Você pode acreditar em mim, tudo o que estou dizendo é tão verdade quanto eu estar sentado aqui na sua frente.

O corvo então retomou:

– Uma multidão se apresentou. Houve muita confusão e correria, mas ninguém teve sucesso nem no primeiro dia nem no segundo. Todos os rapazes falavam bastante bem quando estavam lá fora nas ruas, porém, quando passavam pelos portões do palácio e viam os guardas em uniformes de prata, os lacaios em trajes dourados na escada e todas as luzes acesas no amplo salão, ficavam muito atrapalhados. E, quando se viam diante do trono no qual a princesa estava sentada, só conseguiam repetir as palavras que ela dizia, e ela não estava nem um pouco interessada em escutar a própria fala repetida. Era como se todos tivessem tomado alguma coisa que os deixasse sonolentos enquanto estavam no palácio, pois eles só se recuperavam quando voltavam para a rua. A quantidade de candidatos parecia uma procissão; eram tantos que a fila ia da cidade até a entrada do palácio. Eu mesmo fui vê-los – o corvo contou. – Estavam com fome e com sede, porque no palácio ninguém lhes ofereceu nem um copo d'água. Os mais espertos tinham levado manteiga e umas fatias de pão, mas não compartilhavam, achando que, se os outros aparecessem diante da princesa com cara de famintos, eles próprios teriam mais chance.

– Mas e o Kay? Fale do Kay! Ele estava nessa multidão?

– Calma que já chego lá. Foi no terceiro dia que chegou ao palácio, marchando alegremente, uma pequena figura sem carruagem nem cavalo, mas de olhos faiscantes como os seus. Ele tinha um cabelo comprido e bonito, mas as roupas eram muito pobres.

– Ah, este era ele! – Gerda exclamou, toda contente. – Então encontrei Kay! – e ela bateu palmas de alegria.

– Ele trazia uma mochila às costas – o corvo acrescentou.

– Não, devia ser um trenó – Gerda falou. – Pois ele estava de trenó quando partiu.

– Talvez fosse, não olhei muito de perto, então não sei. Mas o que eu sei, porque minha namorada me contou, é que ele passou pelos portões do palácio, viu os guardas em seus uniformes prateados e os lacaios na escadaria em trajes dourados, e não ficou nem um pouquinho intimidado. Deve ser muito cansativo ficar parado de pé na escada; eu preferiria entrar – o corvo comentou. – Os cômodos resplandeciam de tanta claridade; conselheiros e embaixadores circulavam descalços, carregando recipientes de ouro; era o que bastava para fazer qualquer um ficar impressionado. As botas do rapaz rangiam alto no piso, mas mesmo assim ele caminhava sem o menor constrangimento.

– Devia ser mesmo o Kay – Gerda falou. – Eu sei que ele estava usando botas novas, escutei os rangidos quando ele andou com elas no quarto da vovó.

– Rangiam mesmo – concordou o corvo –, mas mesmo assim ele foi muito firme e seguro até a princesa. Ela estava sentada em cima de uma pérola tão grande quanto uma roda de fiar. E as damas da corte estavam presentes com suas criadas e todos os cavaleiros com seus servos, e cada uma das criadas tinha a própria criada para servi-la, e todos os servos dos cavaleiros tinham servos também, além de um pajem. Todas essas pessoas formavam círculos em volta da princesa, e quanto mais próximos da porta eles ficavam, com mais orgulho se exibiam. Mal era possível ver os pajens dos servos, que só andavam de pantufas e ficavam bem junto à porta, de tão empinada que era a postura deles.

– Isso deve ser horrível – respondeu a pequena Gerda. – Mas e Kay, conquistou a princesa?

– Se eu não fosse um corvo, eu mesmo me casaria com ela, apesar de estar noivo. O rapaz falou tão bem quanto eu falo a língua dos corvos. Eu soube disso pela minha noiva. Ele estava à vontade e falou de um modo muito agradável, e disse que não tinha ido cortejar a princesa, mas aprender com a sabedoria dela. E ele ficou tão encantado com ela quanto ela ficou encantada com ele.

– Ah, então com certeza era o Kay mesmo, ele sempre foi muito inteligente, conseguia fazer contas de cabeça, até frações. Ah, você me levaria até o palácio? – Gerda perguntou.

– Pedir é fácil, mas como vamos conseguir? – o corvo respondeu, com outra pergunta. – Vou conversar sobre isso com a minha noiva e pedir o conselho dela, pois, já vou avisando, vai ser bem complicado conseguir permissão para que uma menininha como você entre no palácio.

– Ah, sim, mas eu vou ter a permissão muito fácil – Gerda disse –, porque, quando Kay souber que estou lá, vai me buscar imediatamente.

– Espere por mim aqui nesta estaca – falou o corvo, entortando a cabeça e partindo.

Já era tarde da noite quando ele voltou.

– Croc, croc! Minha noiva manda cumprimentos e um bolinho que pegou da cozinha para você. Lá eles têm bastante pão, e ela achou que você deveria estar com fome. Bem, não tem como você entrar no palácio pela porta da frente. Os guardas de uniforme prateado e os lacaios de trajes dourados não permitiriam. Mas não chore, vamos colocar você para dentro. Minha noiva conhece uma escada nos fundos que leva aos quartos, e ela sabe onde encontrar a chave.

Eles partiram rumo ao jardim, cruzando uma grande avenida onde as folhas caíam das árvores uma após a outra, e de lá viram as luzes no palácio sendo apagadas da mesma forma. O corvo conduziu Gerda até uma porta traseira que estava entreaberta. Ah, como o coraçãozinho dela batia de ansiedade e saudade; era como se ela estivesse fazendo alguma coisa errada, mas na verdade só queria saber onde Kay estava.

"Ah, deve ser ele", Gerda pensou, "com aqueles olhos claros e o cabelo comprido."

Ela até já conseguia imaginar o sorriso que ele daria ao vê-la, do mesmo jeito como em casa, quando eles sentavam junto às roseiras. Ele certamente ficaria contentíssimo com o encontro, e por saber a enorme distância que ela havia percorrido por causa dele, e ao ouvir que todos em casa estavam muito tristes com sua ausência. Ah, quanta alegria e quanto medo ela sentia!

Eles estavam agora subindo a escada; em cima de um armário no alto, havia uma lamparina. No meio do chão havia um corvo domesticado, entortando a cabeça e observando Gerda, que fez uma mesura, como a avó lhe tinha ensinado.

– Meu noivo falou muito bem de você, jovem senhorita – disse o corvo domesticado. – Sua história é muito comovente. Por favor, pegue a lamparina, eu vou andando na frente. Iremos reto por aqui, para não encontrar ninguém.

– Parece que tem alguém atrás de nós – disse Gerda, quando algo passou por ela como uma sombra na parede; depois, foi como se cavalos de longas patas e crinas esvoaçantes, levando na garupa caçadores, damas e cavaleiros, sobrevoassem a menina como sombras.

– São apenas sonhos – disse o corvo domesticado. – Estão vindo buscar os pensamentos das pessoas e levando para caçar. Melhor assim, pois, se os pensamentos estão lá longe caçando, nós vamos poder espiar com mais segurança enquanto eles dormem. Espero que, quando você estiver coberta de honra e favorecimento, demonstre um coração agradecido.

– Pode estar certa disso – respondeu o corvo selvagem.

Agora eles haviam entrado no primeiro salão, cujas paredes eram forradas de cetim cor-de-rosa bordado com flores artificiais. Os sonhos mais uma vez passaram por eles voando, mas tão depressa que Gerda não conseguiu identificar nenhuma das figuras. Cada cômodo era mais esplêndido do que o anterior. Era o suficiente para embasbacar uma pessoa. Por fim, chegaram a um quarto. O teto era como uma grande palmeira, com folhas transparentes feitas do mais caro cristal; no centro do teto havia uma haste de ouro, e dela pendiam duas camas imitando lírios. Uma, onde dormia a princesa, era branca; a outra era vermelha, e foi nesta que Gerda foi procurar Kay.

Ela afastou uma das pétalas vermelhas e viu uma nuca morena. Ah, devia ser Kay! Ela chamou o nome dele bem alto e colocou a lamparina bem perto. Os sonhos voltaram às pressas ao quarto, na garupa do cavalo. Ele acordou e virou a cabeça. Não era Kay! O príncipe apenas era parecido com ele; mesmo assim, era jovem e bonito. A princesa espiou para fora de sua cama de lírio branco e perguntou o que estava havendo. A pequena Gerda chorou e contou toda a história para ela, incluindo tudo que os corvos haviam feito para ajudar.

– Pobre criança – disseram o príncipe e a princesa, e em seguida elogiaram os corvos, garantiram que não estavam bravos com o que eles haviam feito, mas que aquilo nunca mais deveria se repetir, e que desta vez eles seriam recompensados.

– Vocês gostariam de ter de volta sua liberdade? – a princesa perguntou. – Ou preferem ser elevados à posição de corvos da corte, tendo só para vocês tudo que sobrar da cozinha?

Os dois corvos se curvaram e pediram para ter um posto fixo, pois pensaram na velhice e em como seria confortável saber que haviam se preparado para ela.

Então o príncipe saiu da cama e a ofereceu para Gerda; ele não poderia ter feito nada melhor. A menina se deitou, cruzou as mãos e pensou: "Como todo mundo é bondoso comigo, tanto pessoas quanto animais". Em seguida, fechou os olhos e caiu em um sono profundo e tranquilo. Todos os sonhos voltaram voando para ela, parecendo agora que eram anjos, e um deles tinha um pequeno trenó, no qual estava sentado Kay, que acenou para ela. Mas tudo isso foi só um sonho, e desapareceu assim que Gerda acordou.

No dia seguinte, ela foi vestida dos pés à cabeça com seda e veludo e convidada a ficar no palácio por alguns dias e se divertir; mas ela só pediu um par de botas e uma pequena carruagem com um cavalo que a puxasse, para poder voltar ao mundo e procurar Kay.

Ela conseguiu não apenas as botas, mas também luvas e roupas bonitas. E quando ficou pronta para partir, encontrou no portão do palácio uma carruagem feita de puro ouro, com o brasão de armas do príncipe e da princesa cintilando no topo como uma estrela, e também um cocheiro, um criado e batedores para escoltá-la, todos usando coroas douradas. O príncipe e a princesa ajudaram Gerda pessoalmente; ela embarcou na carruagem e eles desejaram sucesso.

O corvo selvagem, que agora estava casado, acompanhou a menina pelos primeiros quilômetros; foi sentado ao lado dela, pois não suportava andar de costas. O corvo domesticado ficou na porta agitando as asas. Ela não pôde ir junto porque estava sofrendo com dores de cabeça desde que fora empossada no cargo de corvo da corte; sem dúvida, por excesso de comida. A carruagem estava bem abastecida com bolos, e sob o banco havia frutas e biscoitos de gengibre.

– Adeus, adeus! – gritaram o príncipe e a princesa.

A pequena Gerda e o corvo choraram; após alguns quilômetros, o corvo também se despediu, e a partida dele foi ainda mais triste. Entretanto, ele voou para uma árvore, e de lá ficou agitando a asa enquanto foi possível enxergar a carruagem, que brilhava como um raio de sol.

QUINTA HISTÓRIA, QUE FALA SOBRE
UMA PEQUENA LADRA

O grupo atravessou uma floresta muito densa. A carruagem iluminou o caminho como se fosse uma tocha e acendeu os olhos de uns ladrões que de jeito nenhum iriam permitir que ela passasse sem ser incomodada.

– É de ouro! É de ouro! – eles gritaram, correndo na frente e agarrando os cavalos; em seguida, mataram os batedores, o cocheiro e o criado, e arrancaram a pobre Gerda da carruagem.

– Ela é gordinha, bonita e foi alimentada com nozes – disse a velha ladra, que tinha compridos pelos no queixo e sobrancelhas que lhe caíam na frente dos olhos. – Deve ser tão gostosa quanto um cordeiro recheado; nham-nham, que delícia! – e, dizendo isso, ela pegou uma faca reluzente que brilhava de um modo horrível. – Ai! – a velha gritou na mesma hora, pois sua filha a segurou e lhe mordeu a orelha. – Sua peste! – a mãe brigou, mas agora não tinha mais tempo de matar Gerda.

– Ela vai viver para brincar comigo – disse a pequena ladra. – Ela vai me dar as luvas e esse vestido bonito e dormir comigo na mesma cama.

Então, a menina mordeu a mãe de novo e todos os ladrões do bando deram risada.

– Vou dar uma volta na carruagem – anunciou a pequena ladra, e foi mesmo, pois era muito teimosa e cheia de vontades.

Ela e Gerda se sentaram na carruagem e partiram para longe, passando por cima de tocos e rochas, rumo às profundezas da floresta. A pequena ladra era mais ou menos do tamanho de Gerda, porém mais forte; tinha ombros mais largos e pele mais escura; os olhos eram quase pretos, e seu semblante, triste. Ela enlaçou Gerda pela cintura e falou:

– Eles não vão te matar, se nós formos amigas. Você é uma princesa?

– Não – respondeu Gerda, e em seguida contou toda a história, e falou sobre como era amiga de Kay.

A pequena ladra olhou bem séria para ela, moveu de leve a cabeça e falou:

– Eles não vão te matar ainda que eu me zangue com você, porque neste caso eu mesma a mato – em seguida, enxugou as lágrimas de Gerda e tocou as luvas dela, que eram muito macias e quentinhas.

A carruagem parou no pátio do castelo de um ladrão; as muralhas estavam cheias de rachaduras de alto a baixo. Várias espécies de corvos entravam e saíam dos buracos e das fendas, enquanto grandes buldogues, cada um parecendo capaz de engolir um homem, pulavam de um lado a outro, mas não tinham permissão para latir.

Em um salão grande, velho e enfumaçado, uma fogueira estava acesa no chão de pedra. Como não havia chaminé, a fumaça subia até o teto e precisava encontrar, sozinha, o caminho até a saída. Havia sopa fervendo em um grande caldeirão, e lebres e coelhos eram assados no espeto.

– Você vai dormir comigo e com todos os meus bichinhos esta noite – disse a pequena ladra, depois de elas terem comido e bebido.

Então, levou Gerda até um canto do salão onde tapetes de palha estavam estendidos. Acima delas, em sarrafos e poleiros, havia mais de cem pombos; eles pareciam estar dormindo, apesar de terem se mexido um pouco quando as duas meninas se aproximaram.

– Eles todos são meus – disse a pequena ladra, e pegou o que estava mais perto, segurou pelos pés e o chacoalhou até que ele abriu as asas. – Beije! – ela mandou, agitando o pombo diante do rosto de Gerda. – Ali ficam os pombos da floresta – ela prosseguiu, apontando para umas ripas e gaiolas presas à parede, próximas das aberturas. – Os dois danados fugiriam, se não ficassem presos. E este aqui é meu querido velhinho, Ba.

Dizendo isso, a pequena ladra puxou uma rena pelo chifre. O animal usava um anel de cobre no pescoço e estava amarrado.

– Este aqui nós também temos que manter amarrado para não fugir. Toda noite eu faço cócegas no pescoço dele com a minha faca mais afiada. Ele fica bem assustado.

E dizendo isso a pequena ladra tirou uma faca comprida de uma fenda na parede e fez a lâmina deslizar suavemente pelo pescoço da rena. O pobre animal começou a pular. A pequena ladra riu e empurrou Gerda para a cama.

– Você vai ficar com essa faca enquanto dorme? – perguntou Gerda, olhando para a lâmina com medo.

– Eu sempre durmo com a faca do meu lado – a pequena ladra respondeu. – Ninguém sabe o que pode acontecer. Mas agora me fale de novo sobre Kay e por que você saiu no mundo atrás dele.

Então Gerda repetiu a história toda, desde o início; os pombos da floresta, que estavam nas gaiolas, arrulharam; os outros pombos dormiam. A pequena ladra colocou um braço por cima do pescoço de Gerda, na mão oposta segurou a faca, e em um instante estava dormindo e roncando. Gerda, porém, não conseguiu pregar o olho; ela não sabia se ia viver ou morrer. O resto dos ladrões sentou em volta da fogueira; eles cantavam e bebiam. Era uma cena terrível de se ver para uma menininha como Gerda.

Após algum tempo, os pombos da floresta falaram:

– Rrru, ruuu, nós vimos seu amigo Kay. Umas aves brancas estavam carregando o trenó dele, enquanto ele ia sentado na carruagem da Rainha da Neve, que passou cruzando a floresta quando estávamos no nosso ninho. Ela deu um sopro na nossa direção e todos morreram, exceto nós dois. Prrru, pruuu.

– Do que vocês estão falando? Para onde a Rainha da Neve estava indo? Contem tudo o que sabem – Gerda pediu.

– Provavelmente ela estava indo para a Lapônia, onde a neve e o gelo são permanentes. Pergunte para a rena que está amarrada com uma corda ali.

– Sim, lá tem gelo e neve o tempo todo – a rena confirmou. – E é um lugar glorioso; você pode correr e pular com toda a liberdade do mundo naquelas planícies de gelo cintilante. A cabana de verão da Rainha da Neve fica lá, mas o castelo mesmo fica no Polo Norte, em uma ilha chamada Spitsbergen.

– Ah, Kay! – Gerda suspirava.

– Vê se fica quieta, menina – disse a pequena ladra –, ou você vai sentir minha faca.

Pela manhã, Gerda lhe contou tudo o que os pombos da floresta haviam dito; a pequena ladra ouviu com grande atenção, balançou a cabeça e falou:

– Isso é o que dizem, isso é o que dizem. Você sabe onde é a Lapônia? – ela perguntou para a rena.

– Quem saberia melhor do que eu? – respondeu o animal, enquanto seus olhos faiscavam. – Eu nasci e fui criado lá, e incontáveis vezes corri por aquelas planícies cobertas de neve.

– Bom, então é o seguinte – anunciou a pequena ladra –, todos os homens estão fora, só minha mãe ficou, e aqui ela vai ficar; mas ao meio-dia ela sempre bebe de um garrafão e depois dorme um pouco. Daí eu vou fazer uma coisa por vocês.

Ela saltou da cama, agarrou a mãe pelo pescoço e a arrastou pela barba, gritando "Bom dia, minha cabritinha!". A mãe reagiu apertando o nariz da menina até ficar muito vermelho, mas tudo aquilo eram demonstrações de amor.

Depois que a mãe foi se deitar, a pequena ladra foi até a rena e falou:

– Eu adoraria fazer cócegas no seu pescoço mais algumas vezes com a faca, porque você faz uma cara muito engraçada, mas tudo bem. Vou desamarrar sua corda e te libertar, pra você poder correr até a Lapônia; mas você tem que dar o máximo com essas suas pernas e levar esta menina até o castelo da Rainha da Neve, porque o amiguinho dela está lá. Você ouviu o que ela me contou, ela falou bem alto e você estava ouvindo.

A rena dava pulos de alegria. A pequena ladra suspendeu Gerda até a garupa; tomou a precaução de amarrar bem a menina e até de lhe dar a própria almofadinha para sentar.

– Aqui estão botas de pelo pra você – disse ela. – Vai estar muito frio lá. Com as suas luvas eu vou ficar, porque são muito bonitas, mas você não vai congelar por falta delas. Toma, aqui estão as luvas longas da minha mãe; são bem quentes e vão chegar até seus cotovelos. Vou colocar em você. Pronto, agora suas mãos estão iguais às da minha mãe.

Gerda até chorou de alegria.

– Ei, mas o que é essa choradeira? – a pequena ladra falou. – Você deveria estar felicíssima agora. Bem, aqui estão dois pedaços de pão e um presunto, assim você não morre de fome no caminho.

O pão e o presunto foram amarrados à rena e a pequena ladra abriu a porta, mandou os cachorros para longe; com a afiada lâmina de sua faca, cortou a corda que prendia a rena e disse:

– Agora corra, e trate de cuidar bem da menininha.

Gerda esticou o braço vestido com a longa luva e estendeu a mão, cumprimentou a pequena ladra e se despediu com um "Adeus!". E a rena saiu em disparada, saltando tocos e rochas, atravessando na maior velocidade que conseguiu a grande floresta, os pântanos e as planícies. Os lobos uivavam, os corvos crocitavam, enquanto lá bem alto no céu tremeluziam clarões avermelhados como labaredas de fogo.

– Lá estão minhas velhas conhecidas luzes do norte – exclamou a rena. – Veja como brilham!

E o grande animal correu, correu dia e noite, sempre mais rápido, mas os pães e o presunto tinham quase acabado quando eles chegaram à Lapônia.

SEXTA HISTÓRIA, QUE FALA SOBRE UMA MULHER LAPÃ E UMA FINLANDESA

Eles pararam em uma pequena cabana de aparência bastante pobre. O telhado se inclinava quase até o chão, e a porta era tão baixa que a família precisava se apoiar nas mãos e nos joelhos para entrar e sair. Não tinha ninguém em casa, além de uma velha senhora lapã que estava limpando uns peixes à luz de uma lamparina a óleo.

A rena contou a ela toda a história de Gerda após contar a própria, pois a sua lhe parecia mais importante. A menina ficou calada, porque estava praticamente morrendo congelada pelo frio.

– Coitadinhas de vocês duas – a senhora da Lapônia falou. – Vocês ainda têm um longo caminho a percorrer. Vão ter que viajar mais de cento e sessenta quilômetros até a Finlândia. A Rainha da Neve vive lá agora, e toda noite ela acende luzes de sinalização azuis. Vou escrever um bilhete em um pedaço de pele de peixe desidratada, já que não tenho papel, e vocês levam em meu nome até a mulher finlandesa que mora lá. Ela vai poder dar mais informações do que eu.

Assim, quando Gerda estava aquecida e alimentada, a senhora escreveu umas palavras na pele de peixe e entregou a ela, dizendo que cuidasse bem daquilo. Depois amarrou a menina na garupa da rena e lá se foi o animal de novo, pulando alto e partindo a toda velocidade. De clarão em clarão, a bela aurora boreal iluminou de azul a longa noite do norte.

Depois de algum tempo elas chegaram à Finlândia e bateram na cabana da senhora finlandesa; bateram na chaminé, pois não havia porta acima do nível do chão. Entraram agachadas, e lá dentro fazia um calor tão sufocante que a mulher usava pouquíssima roupa. Ela era baixinha e parecia bem suja. Afrouxou o vestido de Gerda, descalçou suas botas de pelo e as longas luvas, porque, do contrário, a menina iria simplesmente derreter. Em seguida, colocou um pedaço de gelo na cabeça da rena, e só então foi ler o que dizia a pele de peixe. Depois de ler três vezes, a finlandesa tinha decorado o conteúdo, então jogou a pele desidratada na sopa, pois sabia que era saborosa e ela jamais desperdiçava nada.

A rena contou primeiro a própria história e depois a de Gerda; a finlandesa piscou os olhinhos espertos, mas não disse nada.

– Você é tão habilidosa – a rena falou. – Eu sei que consegue amarrar todos os ventos do mundo com um pedaço de barbante. Se um marinheiro desfaz um nó, ele tem um bom vento para navegar; quando desfaz dois, o vento sopra forte; porém, se ele desamarrar o terceiro e o quarto, vem uma tempestade capaz de arrancar árvores pela raiz. Será que você não poderia dar a esta jovem senhorita algo que a torne forte como doze homens, para que ela possa vencer a Rainha da Neve?

– O poder de doze homens! – espantou-se a finlandesa. – Mas isso seria totalmente inútil!

Então ela foi até uma estante e pegou e desenrolou um grande pedaço de couro, no qual estavam escritos caracteres maravilhosos; leu até que o suor começou a escorrer de sua testa.

A rena suplicava por Gerda com tanto fervor, e Gerda olhava para a finlandesa com olhos tão meigos e chorosos, que no final os olhos dela começaram a marejar também. Ela puxou a rena para um canto e, enquanto lhe punha mais um pedaço de gelo na cabeça, cochichou:

– O pequeno Kay está mesmo com a Rainha da Neve, mas ele acha tudo tão de seu agrado que acredita estar no melhor lugar do mundo. Isso porque tem uma lasca de espelho espetada no coração dele e mais um pedaço miúdo enfiado no olho. Esses dois cacos precisam ser tirados, senão ele nunca mais vai ser humano de novo, e a Rainha da Neve continuará tendo poder sobre ele.

– Mas você não poderia dar para a pequena Gerda alguma coisa que a ajudasse a conquistar esse poder?

– Eu não posso dar a ela um poder maior do que a menina já possui – a finlandesa respondeu. – Você não vê como ela é forte? Não vê como homens e animais querem servi-la, e como ela se deu bem cruzando o mundo, mesmo com tão poucos recursos? Ela não tem como receber de mim mais força do que já tem, que são a pureza e a inocência de seu coração. Se ela mesma, sozinha, não conseguir acesso à Rainha da Neve e se não puder retirar esses fragmentos de espelho do Kay, nós não teremos como ajudar. A três quilômetros daqui começam os jardins da Rainha da Neve. Você pode levar a pequena até lá e deixá-la perto dos arbustos que ficam na neve, recobertos de frutinhas vermelhas. E volte logo para cá; nada de ficar zanzando por aí.

Dizendo isso, a senhora finlandesa suspendeu Gerda até a garupa da rena, e o animal saiu correndo o mais rápido que conseguiu.

– Ah não, eu me esqueci de pegar as botas e as luvas – Gerda gritou, assim que sentiu o frio cortante, mas a rena não ousou parar; em vez disso, continuou correndo até chegar aos arbustos com as frutas vermelhas. Lá, colocou Gerda sentada e lhe deu um beijo de despedida; lágrimas grossas e cintilantes corriam pelas bochechas do animal, que em seguida voltou correndo também o mais rápido que pôde.

Lá estava a coitada da Gerda: descalça e sem luvas no meio da enregelante e sombria Finlândia. Ela começou a correr tão depressa quanto pôde. Foi quando um batalhão de flocos de neve se aproximou. Eles, porém, não caíam do céu, que estava claro e reluzente com as luzes do Norte. Os flocos de neve corriam no chão e, quanto mais perto chegavam dela, maiores pareciam. Gerda se lembrou de como eles eram lindos quando vistos através da lupa. Mas estes de agora eram na verdade muito maiores e bem mais terríveis, pois estavam vivos, e eram os guardas da Rainha da Neve e tinham as formas mais estranhas. Uns pareciam porcos-espinho gigantescos; outros eram como serpentes entrelaçadas com as cabeças esticadas para fora; uns poucos tinham a aparência de ursos gordos de pelos eriçados; mas todos eram absurdamente brancos, e todos eram flocos de neve vivos.

A pequena Gerda começou a rezar o pai-nosso; o frio era tanto que sua respiração saía da boca e virava vapor. Esse vapor ia ficando maior quanto mais ela rezava, tomando a forma de anjinhos que cresciam no momento em que tocavam a terra. Os anjos usavam elmos e carregavam lanças e escudos. A quantidade continuou a aumentar. Quando ela terminou a oração, estava cercada por uma legião de anjos. Eles enfiaram as poderosas lanças nos flocos de neve e na mesma hora estremeceram e se transformaram em cem pedacinhos, e então a menina conseguiu seguir em frente em segurança e cheia de coragem. Os anjos tocaram as mãos e os pés dela, para que sentisse menos frio enquanto se apressava em direção ao castelo da Rainha da Neve.

Agora, vamos ver o que Kay anda fazendo. A verdade é que ele nem pensava em Gerda, e menos ainda poderia imaginar que ela estava bem ali, às portas do palácio.

SÉTIMA HISTÓRIA, QUE FALA DO PALÁCIO DA RAINHA DA NEVE E SOBRE O QUE ACONTECEU LÁ

As paredes do palácio eram formadas da neve que tinha caído ao longo do tempo, e as janelas e portas eram feitas de ventos cortantes. Dentro, havia mais de cem quartos, e eles pareciam ter sido unidos por sopros de neve. O maior se estendia por vários quilômetros. Todos eram muitíssimo iluminados pela luz da aurora, além de amplos, vazios, totalmente congelados e brilhantes de gelo!

Não havia nenhum tipo de diversão ali, nem uma bola na qual os ursos pudessem se equilibrar com as patas traseiras e dançar, demonstrando suas habilidades ao som da tempestade, que poderia substituir a música. Não havia flores para brincar ou tocar, nem mesmo uma fofoca para ser comentada pelas raposas na mesa de chá. Vazios, vastos e gelados eram os salões da Rainha da Neve.

As chamas bruxuleantes das luzes do Norte eram totalmente visíveis de todas as partes do castelo, sem importar que estivessem bem alto ou mais baixo no céu. Em meio a este salão de neve vazio e sem fim, havia um lago congelado, partido na superfície em mil formatos; cada pedaço se parecia com todos os outros, pois era em si mesmo um trabalho de arte perfeito; no centro do lago, ficava a Rainha da Neve, quando ela estava em casa. Ela chamava o lago de "Espelho da Razão" e afirmava que ele era o melhor, na verdade o único, existente no mundo.

O pequeno Kay estava azul de frio; de fato, ele estava quase preto, mas não sentia, porque a Rainha da Neve havia mandado embora, com um beijo, os tremores todos, e o coração dele já era uma massa de gelo. O menino estava arrastando alguns pedaços planos de gelo de um lado a outro, como se quisesse construir alguma coisa com eles, do mesmo jeito como nós tentamos formar figuras com tabuletas de madeira em um quebra-cabeça chinês. As figuras que Kay montava eram muito artísticas; ele estava brincando de jogo gelado da razão. Aos olhos dele, as figuras eram admiráveis e da maior importância; essa opinião se devia ao caquinho de espelho preso em seu olho. Formou várias figuras e diversas palavras, mas havia uma que ele nunca conseguia formar, apesar de tentar bastante. Era a palavra "Eternidade".

A Rainha da Neve tinha dito a ele:

– Quando você descobrir como fazer isso, será seu próprio mestre, e eu vou lhe dar o mundo todo e um par de patins novos – mas ele não conseguia. – Agora eu devo partir para países mais quentes – disse a Rainha da Neve. – Vou dar uma olhada nas crateras negras do topo de montanhas em chamas, os vulcões Etna e Vesúvio, como são chamados. Farei com que fiquem brancos, o que será ótimo para eles e também para os limões e as uvas.

E lá foi ela, deixando o pequeno Kay para trás, sozinho no enorme salão de vários quilômetros de comprimento. Ele estava observando seus pedaços de gelo, sentado tão quieto e meditando tão profundamente, que qualquer um pensaria que estava congelado.

Bem nessa hora, Gerda ultrapassou a grande porta do castelo. Ventos cortantes assobiavam com grande fúria ao redor, mas ela fez uma prece, e os ventos se encolheram como se fossem dormir. Avançou até chegar ao salão enorme e vazio, e viu Kay. Gerda o reconheceu de imediato. Foi correndo até ele, atirou os braços ao redor de seu pescoço e exclamou:

– Kay! Meu querido Kay! Encontrei você, finalmente!

Mas ele continuou parado, duro e frio.

Gerda chorou e suas lágrimas quentes caíram sobre ele, penetraram no peito gelado e foram fundo até o coração, onde derreteram a massa de gelo e removeram o pedacinho de espelho que estava fincado ali. Ele olhou para ela e Gerda cantou:

As rosas podem desabrochar e desaparecer.
Mas o Menino Jesus há sempre de permanecer.

Kay começou a chorar. Chorou tanto que o caco de vidro saiu do olho dele nadando nas lágrimas. Daí o menino reconheceu Gerda e perguntou, contente:

– Gerda, minha querida Gerda, onde você esteve esse tempo todo, e onde eu estive? – e ele olhou em volta e disse: – Como é frio aqui, e como é grande e vazio! – e abraçou Gerda, e ela ria e chorava de alegria.

Era tão agradável ver as duas crianças que até os pedaços de gelo começaram a dançar; quando ficaram cansados e foram se deitar, formaram as letras da palavra que a Rainha da Neve tinha dito a Kay que ele precisava descobrir antes de se tornar o próprio mestre e ter o mundo inteiro e mais um par de patins novos.

Gerda beijou as bochechas de Kay e elas ficaram rosadas; beijou os olhos dele e eles começaram a brilhar como os dela; beijou suas mãos e seus pés, e ele ficou saudável e animado. A Rainha da Neve podia voltar para casa quando quisesse, agora, pois ali estava a garantia da liberdade de Kay, na palavra que ela tanto desejava, escrita com letras de gelo cintilante.

Em seguida, eles se deram as mãos e foram andando em direção ao portão do grande palácio de gelo. Eles conversaram sobre a avó e sobre as rosas do telhado, e enquanto caminhavam o vento soprava ameno e o sol brilhava forte. Quando chegaram aos arbustos de frutinhas vermelhas, encontraram a rena à espera deles; ela havia trazido outra rena, que tinha os úberes cheios; as crianças tomaram o leite morno e abraçaram os animais.

As renas levaram Kay e Gerda até a senhora finlandesa, e lá as crianças se aqueceram no quarto quente e pegaram instruções para a viagem de volta para casa. Depois, foram até a senhora lapã, que havia feito roupas novas para eles e consertado os trenós. As duas renas correram ao lado dos trenós das crianças até a fronteira do país, onde as primeiras folhas verdes começavam a brotar. Neste ponto, Kay e Gerda se despediram das renas e da lapã.

Os pássaros começaram a piar e a floresta também estava repleta de folhagem jovem, e do meio dela saiu um belo cavalo, que Gerda conhecia, pois era um dos que haviam puxado a carruagem de ouro. Uma menina estava montada nele, tendo na cabeça um gorro vermelho e na cintura um par de pistolas. Era a pequena ladra, que tinha se entediado de ficar em casa; ela estava decidida a ir para o Norte e, se não gostasse de lá, iria tentar outra parte do mundo. Ela reconheceu Gerda de imediato, e Gerda também se lembrou dela; foi um encontro muito feliz.

– Que belo camarada você é, aprontando desse jeito – a pequena ladra falou para Kay. – Eu queria saber se você merece de verdade que uma pessoa vá até o fim do mundo à sua procura.

Mas Gerda deu tapinhas carinhosos nas bochechas dela, e perguntou pelo príncipe e pela princesa.

– Eles partiram para terras estrangeiras – a pequena ladra respondeu.

– E o corvo? – perguntou Gerda.

– Ah, ele morreu – contou a pequena ladra. – A esposa domesticada ficou viúva e agora usa um pedaço de lã preta na perna. Ela crocita lamentos muito sentidos, mas é só. Mas me conte como você conseguiu trazer Kay de volta.

Gerda e Kay contaram a história toda para ela.

– Iupi, iupi, urra! Então tudo acabou bem! – celebrou a pequena ladra, tomando as mãos de ambos e prometendo que, se passasse pela cidade, iria visitá-los; depois, partiu para explorar o mundo.

Gerda e Kay tomaram o rumo de casa. Andavam de mãos dadas e, conforme avançavam, a mais adorável primavera chegou, trazendo seus vibrantes tons de verde e suas lindas flores. Logo eles reconheceram a cidade grande onde moravam e as torres altas das igrejas, onde os sinos estavam repicando alegremente quando eles chegaram; sem dificuldade eles encontraram o caminho até a casa da avó.

Os dois subiram as escadas até o pequeno quarto e encontraram tudo como era antes. O velho relógio ainda batia "tique-taque" e os ponteiros indicavam a hora do dia, mas, quando eles passaram pela porta, perceberam que haviam crescido, e se tornado homem e mulher. As rosas no telhado estavam plenamente desabrochadas e espiaram pela janela. Gerda e Kay viram que também continuavam lá, do mesmo jeito, as cadeirinhas onde eles costumavam se sentar quando eram crianças.

Cada um sentou na sua e eles se deram as mãos, enquanto o palácio frio, vazio e imponente da Rainha da Neve desaparecia de suas memórias como um pesadelo doloroso.

A avó, sentada no brilhante Sol de Deus, lia a *Bíblia* em voz alta:

– Em verdade lhes digo: se não se converterem e não se fizerem crianças, de forma nenhuma entrarão no reino dos céus.

Kay e Gerda se olharam nos olhos e de repente entenderam totalmente a letra da canção:

As rosas podem desabrochar e desaparecer,
Mas o Menino Jesus há de sempre permanecer.

E ambos ficaram sentados ali, crescidos, mas ainda crianças em seus corações; e era verão, um lindo e quente verão.

AS CEGONHAS

Na última casa do vilarejo há um ninho de cegonha. A mãe cegonha estava sentada nele com seus quatro filhotes, que esticavam para fora os pescoços, que terminavam em bicos pretos, pois ainda não tinham ficado vermelhos. A pouca distância de lá, no topo do telhado, estava o pai cegonha, muito ereto e tão rígido quanto era possível. Para não parecer muito desocupado enquanto ficava ali de pé vigiando, ele havia recolhido uma das pernas, à moda das cegonhas. Tão imóvel ele estava que alguém poderia até pensar tratar-se de uma escultura de mármore.

"Deve ser ótimo para minha mulher ter uma sentinela protegendo o ninho", pensou. "Não há como saber que eu sou o marido e, portanto, concluirão que fui mandado para cá para cuidar do ninho dela. Fica chique!"

Abaixo, na rua, havia uma porção de crianças brincando. Quando por acaso elas viram as cegonhas, o mais malvado dos meninos começou a cantar a velha canção sobre elas. Os outros logo o acompanharam, mas, como cada um dizia as palavras que tinha ouvido de outra pessoa antes, a música não saía igual. Uma das versões era a seguinte:

Senhor cegonha, saia já voando,
Não fique em uma perna só o dia todo.
Sua esposa está no ninho cantando
E seus filhotes já descansando.

O primeiro será enforcado,
O segundo levará um tiro,
O terceiro será esfaqueado,
E o último será cuspido.

– Ouçam só o que os meninos estão cantando – disseram os filhotes.
– Vocês estão escutando que eles dizem que devemos ser enforcados e levar tiros?

– Não ligue para o que eles dizem – a mãe falou. – O que você ignora não pode te ferir.

Mas os meninos continuaram cantando, apontando para o pai cegonha e zombando de sua função de protetor. Somente um menino, que eles chamavam de Peter, disse que era horrível ridicularizar os animais e afirmou que não se juntaria ao coro de jeito nenhum.

A mãe cegonha tentava consolar os pequenos.

– Não liguem para eles. Olhem para o papai, vejam como ele se equilibra em uma perna só lá em cima.

– Mas nós estamos com medo – os filhotes responderam, recolhendo cabeça, pescoço e bico de volta para o ninho.

As crianças se reuniram de novo no dia seguinte, e logo que viram as cegonhas retomaram a cantoria:

O primeiro será enforcado,
O segundo levará um tiro

– Mamãe, é verdade que seremos enforcados ou queimados?

– Não, claro que não. Vocês vão aprender a voar e então iremos visitar os sapos. Eles vão se curvar para nós na água e cantar "Coax, coax", e então nós os comeremos. São deliciosos.

– E depois?

– Ah, depois todas as cegonhas vão se reunir aqui e as caçadas de outono terão início; para essa época será necessário saber voar bem. Isso é muito importante, porque aquele que não conseguir será perfurado até a morte pelo bico do general. Portanto, tratem de saber voar direitinho quando o tiroteio começar.

– Ué, mas então nós vamos mesmo ser mortos, como os meninos falaram. Argh! Eles estão cantando aquilo de novo.

– Prestem atenção em mim e não neles – a mãe cegonha falou. – Quando isso tiver passado, nós vamos voar para países quentes, bem distantes daqui, para além das montanhas e das florestas. Voaremos para o Egito, onde há três casas de pedra e cantos retos, e o topo de uma delas chega até as nuvens. Chamam-se pirâmides e são mais velhas do que uma cegonha pode imaginar. Neste mesmo país corre um rio que alaga as margens e transforma a terra toda em um grande lamaçal. É para esse lamaçal que nós iremos, e lá vamos comer muitos sapos.

– Oba! Oba! – exclamaram os jovens.

– Sim, é um lugar maravilhoso. Não precisamos fazer nada o dia todo, só comer. E enquanto estivermos lá, aproveitando o banquete com todo o conforto, aqui neste país não haverá uma única folhinha verde nas árvores. Vai fazer tanto frio que até as nuvens vão congelar em pedacinhos ou cair na forma de trapos brancos.

Era de granizo e neve que a mãe cegonha estava falando, mas ela não sabia se expressar melhor.

– E os meninos malvados vão congelar em pedacinhos também? – os filhotes perguntaram.

– Não, eles não vão congelar em pedacinhos, mas vão chegar bem perto disso, e vão ficar sentados, encolhidos e tremendo, em quartos tristonhos e escuros, enquanto vocês estarão voando para terras estrangeiras, em meio a lindas flores e sob o calor do sol.

Passado algum tempo, os filhotes ficaram tão grandes e fortes que conseguiam se sustentar em pé no ninho e de lá observar tudo no entorno. Todos os dias, o pai cegonha levava deliciosos sapos, cobras pequenas e saborosas, e outras iguarias que cegonhas adoram. Como era engraçado ver os truques que ele fazia para divertir a ninhada! Ele girava a cabeça e a apoiava bem em cima do rabo; batia o bico como se estivesse com frio; ou contava histórias, todas ocorridas em brejos e pântanos.

– Venham, crianças – disse a mãe cegonha certo dia –, agora vocês precisam aprender a voar.

Então, os quatro filhotes tiveram que sair do topo do telhado. Ah, como eles cambalearam e se desequilibraram! Bem que tentaram se acertar e se aprumar, mas chegaram muito perto de se estatelar no chão.

– Olhem para mim – a mãe instruiu. – É assim que devem segurar a cabeça. E os pés precisam ficar deste jeito: esquerda, direita, esquerda, direita! É isso que vai ajudar vocês no mundo lá fora.

A mãe voou uma curta distância e os filhotes foram atrás. Mas que salto desengonçado eles deram! Pof, porf! E no chão se estabacaram, pois ainda não tinham força para sustentar o peso do próprio corpo.

– Eu não vou voar – disse um dos filhotes, e rastejou de volta para o ninho. – Não quero ir para países quentes.

– Você quer ficar aqui e congelar quando o inverno chegar? Vai esperar os meninos virem te enforcar, te queimar e te dar um tiro? Então espera aí, vou chamá-los.

– Não! – gritou o filhotinho, juntando-se aos irmãos no telhado para mais treinamento.

No terceiro dia, eles começaram a voar um pouquinho. Já não tinham dúvida de que eram capazes de levantar voo e de pairar no ar, sustentados por suas asas. E isso era o que tentavam fazer, entretanto continuavam caindo, enquanto batiam as asas o mais rápido que conseguiam.

Mais uma vez o bando de meninos malvados se aproximou cantando aquela música horrorosa.

– Vamos voar lá pra baixo e bicar todos aqueles meninos? – perguntou um dos pequenos.

– Não – a mãe respondeu para ele, e depois falou para todos: – Esqueçam os moleques e prestem atenção em mim; aprender a voar é muito mais importante. Um, dois, três, já! Vamos para a direita. Um, dois, três, já! Agora para a esquerda, contornando a chaminé. Isso! Muito bem! Essa última batida de asas foi tão graciosa e o movimento das patas foi tão certo que amanhã vou levar vocês comigo até o brejo. As melhores famílias de cegonhas estarão lá com seus filhos, mas quero ver que os meus são os mais bem-educados de todos. Lembrem-se de manter a cabeça erguida e andem com altivez, pois é bonito e ajuda a conquistar respeito.

– Mas nós não vamos nos vingar dos meninos malvados?

– Não. Eles que cantem até ficarem roucos. Vocês vão voar acima das nuvens para a terra das pirâmides, e eles vão ficar aqui congelando, sem ter uma folhinha verde para ver nem uma maçã docinha para saborear.

– Vamos nos vingar sim – os filhotes cochicharam uns para os outros, e retomaram o treino.

Entre os meninos lá embaixo na rua, o que mais se dedicava a cantar a música que humilhava as cegonhas era bem o que tinha dado início a tudo, um camaradinha miúdo que dificilmente teria mais de 6 anos. As jovens cegonhas, claro, achavam que ele tinha no mínimo cem anos, por ser muito maior do que os pais delas, e, fora isso, como filhotes de cegonha poderiam entender alguma coisa sobre idade de criança ou de adulto? A vingança delas seria concentrada nesse menino. Era sempre ele que começava a cantar e que insistia em zombar delas. Os filhotes estavam muito zangados; quanto mais cresciam, menos paciência tinham para suportar os insultos, e no final a mãe foi obrigada a prometer que eles poderiam se vingar, mas só no dia da partida para o Egito.

– Primeiro, temos de ver como vocês se saem no dia da caçada. Se forem tão mal que o general consiga atirar em vocês, então os meninos estarão certos, ao menos nesse aspecto. Temos de esperar para ver!

– Sim, você vai ver! – os filhotes gritaram.

Desse dia em diante, eles se dedicaram com grande afinco e praticaram todos os dias, até que podiam voar com tanta leveza e equilíbrio que era um prazer observar o bando.

O outono tinha chegado. Todas as cegonhas começaram a se reunir, organizando-se para partir rumo aos países quentes e fugir do frio. E como se exercitaram! Os jovens começaram a voar sobre florestas e vilarejos, para ver como se saíam nesses trajetos menores e testar se estavam preparados para a longa jornada que estava à espera deles. O desempenho dos filhotes foi tão satisfatório que os avaliadores deram, como nota, um "Excelente" e, como prêmio, um sapo e uma cobra, que eles nem perderam tempo em comer.

– Não queremos comer, queremos nos vingar.

– Sim, claro – disse a mãe –, e eu pensei em um jeito que sem dúvida é o mais justo. Eu conheço o lago onde ficam todas as crianças humanas que as cegonhas ainda não levaram para os pais. Nesse lago, os bebês esperam e dormem, sonhando de uma forma tão doce como nunca mais tornarão a sonhar na vida. Todos os pais e mães humanos querem um desses pequenos, e todas as crianças querem uma irmãzinha ou um irmãozinho. Agora, o que nós vamos fazer é voar até este lago, pegar um bebê e entregar para todas as crianças que não cantaram a música malvada nem ofenderam as cegonhas.

– Mas e aquele menino malvado que foi o que começou a cantar? O que vamos fazer com ele? – gritaram os jovens?

– Bem – a mãe explicou –, neste lago tem um bebê que dormiu demais e acabou morrendo. Esse é o que vamos entregar para o menino malvado. Então ele vai chorar porque ganhou um irmãozinho morto. Mas aquele menino bonzinho, que falou que era horrível humilhar os animais; vocês não se esqueceram dele, não é? Para esse, nós vamos levar uma irmã e um irmão. E como o nome dele é Peter, todos vocês vão se chamar Peter também.

E assim foi feito. Todos os filhotes foram chamados de Peter, e este é o nome das cegonhas até hoje.

AS FLORES DA PEQUENA IDA

– Minhas pobres flores estão bem caidinhas! – disse a pequena Ida. – Ontem mesmo, no fim do dia, elas estavam muito bonitas, mas agora todas as folhas estão caindo. Por que elas fazem isso? – ela perguntou ao colega de escola sentado no sofá.

Os dois eram muito amigos e Ida o adorava, porque ele contava as melhores histórias e sabia recortar em papel as figuras mais divertidas, como corações com mocinhas dançando dentro e grandes castelos com portas que abriam e fechavam. Ele era um estudante muito alegre.

– Por que as flores estão tão desanimadas hoje? – ela perguntou de novo, mostrando para ele um buquê de flores desmaiadas.

– Você não sabe? – o estudante respondeu. – As flores foram a um baile ontem à noite, e hoje estão cansadas. É por isso que estão com as cabeças caídas.

– Ora, que ideia. – Ida exclamou. – Flores não dançam!

– Mas é claro que dançam! Quando está escuro e todos nós já estamos na cama, elas pulam por aí na maior alegria. Fazem baile quase toda noite.

– E os filhos delas também podem ir aos bailes? – perguntou Ida.

– Ah, sim! Margaridas e lírios bem pequenos também vão.

– E quando é que as flores mais bonitas dançam?

– Você já não esteve naquele jardim grande, fora dos portões da cidade, em frente ao castelo onde o rei passa os verões? Aquele jardim repleto de flores adoráveis? Você com certeza se lembra dos cisnes que se aproximam nadando quando nós jogamos pedacinhos de pão. Pode acreditar, lá acontecem bailes maravilhosos.

– Eu estive lá com a minha mãe ontem mesmo – Ida respondeu –, mas não tinha folha nas árvores e não vi uma única flor. O que houve com elas? Havia tantas no verão.

– Agora elas estão dentro do palácio – respondeu o estudante. – Assim que o rei e a corte voltam para a cidade, as flores deixam o jardim e se mudam para o palácio, onde se divertem bastante. Ah, se você pudesse ver! As duas rosas mais bonitas se sentam no trono e brincam de ser rei e rainha. E todas aquelas cristas-de-galo altas ficam de pé ao lado, fazendo mesuras: são os mordomos. Então todas as flores bonitas chegam e fazem um grande baile. As violetas azuis representam os cadetes da marinha; elas dançam com os jacintos e açafrões, que fazem o papel das moças. As tulipas e os lírios mais altos representam as senhoras mais velhas, viúvas, que cuidam para que as danças sejam feitas direitinho e para que todos se comportem como devem.

– E não tem ninguém que castigue as flores por elas ousarem dançar no castelo do rei? – Ida perguntou.

– Ninguém sabe que elas fazem isso – respondeu o estudante. – É possível que, uma vez por noite, o velho mordomo do castelo faça a ronda e venha com seu molho de chaves verificar se está tudo bem; porém, assim que as flores ouvem o tilintar, elas ficam totalmente imóveis, ou então se escondem atrás das longas cortinas de seda das janelas. Então o velho mordomo diz: "Ora, é perfume de flores o que estou sentindo?", mas não consegue ver nada.

– Isso é muito engraçado – a pequena Ida exclamou, batendo as mãozinhas, encantada. – Mas e eu? Não conseguiria ver as flores?

– Claro que sim – o estudante garantiu. – Você só precisa se lembrar de espiar pelas janelas da próxima vez que for ao palácio. Eu mesmo fiz isso outro dia e vi um lírio amarelo bem comprido sentado no sofá. Era uma nobre da corte.

– As flores do Jardim Botânico também vão ao baile? Elas conseguem ir tão longe?

– Com certeza – respondeu o estudante –, pois as flores podem até voar, se quiserem. Você já viu aquelas borboletas superbonitas, amarelas e vermelhas, que se parecem muito com flores? Pois é exatamente o que elas são. Elas deixam os caules e vão bem alto, batendo as pétalas como se fossem asas, e assim chegam voando. Como recompensa por sempre se comportarem bem, elas têm permissão para voar também durante o dia, em vez de terem que ficar paradas em casa, imóveis nos caules, até que suas pétalas se transformem em asas de verdade. Isso você mesma viu.

E o estudante continuou:

– No entanto, pode ser que as flores do Jardim Botânico nunca tenham ido ao castelo do rei. Talvez elas não saibam dos festejos que ocorrem ali todas as noites. Mas vou lhe dizer uma coisa: da próxima vez que você for ao jardim, cochiche para uma das flores que um grande baile vai acontecer no castelo; a notícia vai se espalhar e todas elas partirão. Daí, quando o professor for ao jardim, não vai encontrar nenhuma flor, e jamais vai conseguir imaginar o que aconteceu.

– Mas como uma flor vai contar para a outra? Tenho certeza de que flores não falam.

– Não mesmo, quanto a isso você está certa. Elas não conseguem falar, mas podem fazer sinais. Você já reparou que, quando o vento sopra um pouquinho, as flores acenam umas para as outras e movem suas folhas verdes? Elas conseguem se entender desse jeito tão bem quanto nós nos entendemos conversando.

– Será que o professor entende a mímica delas? – Ida perguntou.

– Ah, sem dúvida, pelo menos uma parte. Ele foi ao jardim certa manhã e viu uma grande urtiga fazendo sinais com as folhas para um lindo cravo vermelho. Ela estava dizendo: "Você é tão bonito, eu te amo com todo o meu coração!". Mas o professor não gosta desse tipo de coisa, e podou as folhas da urtiga, que são como os dedos dela; ela reagiu queimando o professor. Depois disso, ele nunca mais se atreveu a tocar uma urtiga de novo.

– Rá, rá, rá, isso é muito engraçado!

– Como é possível enfiar tanta bobagem na cabeça de uma criança? – perguntou um conselheiro chato que tinha ido fazer uma visita.

Ele não gostava do estudante e sempre caçoava dele quando o encontrava recortando em cartolina figuras como a de um homem pendurado em uma forca segurando um coração, para mostrar que era um ladrão de corações, ou uma bruxa voando no cabo de uma vassoura, carregando o marido na ponta do nariz. O conselheiro não suportava tais gracinhas e falava sempre, como estava falando agora:

– Como alguém pode botar tanta besteira na cabeça de uma criança? Isso não passa de tolice.

Para a pequena Ida, porém, tudo que o estudante tinha contado era muito engraçado e a deixara refletindo. Ela agora tinha certeza de que as flores, ontem tão bonitas e hoje tão caídas, estavam cansadas por terem ido ao baile. Ida as apanhou e levou para a mesa onde ficavam seus brinquedos. A boneca estava dormindo, mas Ida cochichou para ela:

– Você tem que se levantar e se contentar em dormir na gaveta esta noite, porque as coitadas das flores estão desmilinguidas e precisam da sua cama para dormir; assim, quem sabe, elas estarão bem de novo amanhã.

Dizendo isso, ela tirou a boneca, que pareceu bem irritada por ter de ceder seu leito para as flores.

Ida acomodou as flores na cama da boneca e delicadamente puxou a colcha para cobri-las, dizendo-lhes que ficassem quietinhas enquanto ela preparava um chá para elas, para que estivessem bem no dia seguinte. E fechou as cortinas próximas da cama, para que a luz do Sol não batesse nos olhos delas.

Durante a noite toda, ela só pensava no que o estudante havia contado; e, quando ela mesma foi para a cama, correu até a janela onde ficavam as tulipas e os jacintos da mãe. Ida sussurrou:

– Eu bem sei que vocês vão ao baile hoje à noite.

As flores fizeram de conta que não estavam entendendo, e não mexeram uma única folhinha, mas isso não impedia Ida de saber o que sabia.

Quando estava na cama, ficou bastante tempo pensando como seria delicioso assistir à dança das flores do castelo do rei, e perguntou a si mesma:

– Será que as minhas flores estiveram lá de verdade?

Em seguida, adormeceu.

❋ ❋ ❋

No meio da noite, Ida acordou. Ela havia sonhado com o estudante, com as flores e com o conselheiro, que tinha dito que estavam fazendo troça dela. Tudo estava quieto no quarto, a lamparina queimava na mesa, e o pai e a mãe dormiam.

"Queria muito saber se minhas flores ainda estão deitadas na cama da Sophie", ela pensou com si mesma. "Oh, como eu queria saber!" Ida suspendeu o tronco só um pouquinho e olhou na direção da porta, que estava entreaberta; do lado de lá, dava para ver as flores e todos os brinquedos dela. A menina apurou os ouvidos e pareceu que escutava alguém tocando piano, mas bem discretamente e com mais doçura do que ela jamais ouvira antes.

"Agora todas as flores com certeza estão dançando", ela pensou. "Ah, eu queria tanto ver!", mas ela não ousava levantar, por receio de despertar o pai e a mãe. "Se elas pelo menos viessem dançar aqui!" Porém, as flores não foram até lá, e a música continuou tão bonita que no fim ela não conseguiu mais se segurar e com o maior cuidado se arrastou para fora da cama, foi pé ante pé até a porta e espiou a sala. Ah, que bela visão!

Não havia lamparina, mas mesmo assim a sala estava bem clara; a lua brilhava através da janela e iluminava todo o chão, era quase como se fosse de dia. Os jacintos e as tulipas estavam lá, de pé, em duas filas. Nenhum botão tinha ficado na janela, onde agora só estavam os vasos. No chão, todas as flores dançavam com muita graça e leveza, dando rodopios e se segurando mutuamente pelas longas folhas verdes enquanto giravam. Ao piano estava sentado um lírio amarelo muito grande, que a pequena Ida se lembrava de ter visto no verão, pois recordava que o estudante havia dito: "Este lírio não parece a senhorita Laura?", e todos tinham dado risada daquela comparação. Mas agora a pequena Ida estava achando de verdade que o lírio era muito parecido com a senhorita. Ele tocava da mesma forma que ela, curvando o rosto amarelo de um lado a outro, e balançando a cabeça para marcar o tempo da linda canção.

Agora, um açafrão azul bem alto está dando um passo à frente, inclinando-se sobre a mesa onde estão os brinquedos de Ida, chegando à cama da boneca e abrindo as cortinas. Lá estão as flores doentes; mas elas se erguem de imediato, cumprimentam as companheiras e fazem um sinal de que gostariam de se juntar à dança. Elas não parecem nem um pouco doentes agora.

De repente, houve um grande barulho, como se algo tivesse caído da mesa. Ida olhou naquela direção e viu que era a varinha que ela tinha encontrado em sua cama na terça-feira de Carnaval. A varinha parecia querer estar com as flores. Ela era bem bonita, pois tinha uma figura de cera sentada na ponta, e a figura era a cara do conselheiro.

A varinha começou a dançar, e a figura de cera que estava montada nela foi ficando cada vez mais larga e mais comprida, até atingir o mesmo tamanho do conselheiro, e passou a dizer:

– Como é que alguém pode pôr tamanha besteira na cabeça de uma criança?

Era muito engraçado e a pequena Ida não conseguia segurar o riso, pois a varinha continuava dançando e o conselheiro, estivesse grande ou pequeno como a figura de cera, era obrigado a dançar também, não tinha outro jeito. Mas então as outras flores o aconselharam, especialmente aquelas que tinham ocupado a cama da boneca, e por fim a varinha foi embora em paz.

Ao mesmo tempo, houve uma batida bem alta vinda do interior da gaveta onde Sophie, a boneca de Ida, estava com vários outros brinquedos. Ela pôs a cabeça para fora e perguntou, muito surpresa:

– Está havendo um baile aí? Por que ninguém me chamou?

Sophie sentou no tampo da mesa esperando que alguma flor a convidasse para dançar; mas ninguém a chamou, então ela se deixou cair no chão de forma a provocar um barulho bem alto; daí, todas as flores vieram perguntar se ela havia se machucado e foram muito educadas, especialmente as que vinham ocupando a cama dela.

Ela não tinha se ferido nem um pouco, e as flores agradeceram por usar sua linda cama e a levaram para o centro da sala, onde a luz brilhava, e dançaram com ela, enquanto as demais flores formavam um círculo em volta. Então agora Sophie estava satisfeita e falou que elas podiam ficar com a cama, pois ela não se importava nem um tiquinho de dormir na gaveta. Mas as flores responderam:

– Nós lhe agradecemos muitíssimo pela sua gentileza, mas não vamos viver o suficiente para precisar da sua cama; estaremos mortas amanhã. Mas diga para a pequena Ida que ela deve nos enterrar no jardim, perto da sepultura do canário; assim, no próximo verão, nós vamos acordar de novo, e ainda mais lindas do que este ano.

– Ah, mas vocês não podem morrer! – disse Sophie, beijando-as enquanto falava.

Um grupo imenso de flores entrou dançando. Ida não conseguia imaginar de onde poderiam ter vindo, a menos que fosse do jardim do rei. Duas lindas rosas lideravam, usando coroas de ouro; atrás vinham goivos e cravos, que se curvaram diante de todos os presentes. Eles trouxeram uma banda de música com eles. Jacintos selvagens e flocos-de-neve tocavam alegres sininhos. Era praticamente uma orquestra completa. Seguindo este primeiro grupo veio uma quantidade enorme de flores, todas dançando: violetas, margaridas, lírios e muitas outras, um deleite para os olhos.

Por fim, todas as flores se despediram felizes. A pequena Ida também voltou para a cama, para sonhar com tudo o que tinha visto.

Quando acordou, na manhã seguinte, foi logo até a mesinha, para ver se suas flores estavam lá. Puxou as cortinas da pequena cama; sim, lá estavam as flores, porém, muito mais desbotadas hoje do que ontem. Sophie estava na gaveta e parecia dormir a sono alto.

– Você se lembra do que devia falar pra mim? – Ida perguntou a ela. Mas Sophie fez cara de boba e não disse nem uma palavrinha.

– Você não tem um pingo de educação – Ida lhe disse. – Mesmo assim, as flores deixaram você dançar com elas.

Então ela pegou do meio dos brinquedos uma caixa de papelão, com pássaros pintados nas laterais, e lá dentro colocou as flores mortas.

HANS CHRISTIAN ANDERSEN

– Isto vai ser seu belo caixão – ela disse. – Quando meus primos vierem me visitar, vão me ajudar a enterrar vocês no jardim, e assim, no próximo verão, vocês vão crescer de novo e ainda mais bonitas.

Os dois primos, Gustave e Adolphe, eram meninos muito bem dispostos. O pai deles tinha dado a cada um, de presente, um conjunto de arco e flecha, que eles levaram para mostrar para Ida. Ela lhes contou sobre as pobres flores, que tinham morrido e precisavam ser enterradas no jardim. Os meninos imediatamente se puseram a caminho, com o arco e a flecha cruzados nas costas, e Ida caminhou logo atrás, carregando as flores mortas em seu lindo caixão. Uma pequena cova foi aberta para elas no jardim. Primeiro, Ida as beijou, depois as depositou na terra, e Adolphe e Gustave, que não tinham armas nem canhões, atiraram com o arco e a flecha por cima da sepultura.

AS ROSAS E OS PARDAIS

Parecia realmente que alguma coisa muito importante estava acontecendo na lagoa dos patos, mas não era o caso.

Poucos minutos mais cedo, todos os patos estavam na água descansando ou com a cabeça mergulhada, pois isso é algo que podem fazer, quando de repente todos nadaram para a praia no maior alvoroço. Os rastros de seus pés na terra úmida ainda podiam ser vistos, e até bem longe se ouvia o grasnado do bando. A água, que até então estava clara e brilhante como um espelho, ficou bastante mexida.

Um instante antes, porém, todas as árvores e arbustos próximos da antiga casa de fazenda, e até mesmo a própria casa, com seu telhado esburacado e ninhos de andorinhas e, mais importante, até a linda roseira carregada de flores, tudo estava refletido na água. A roseira junto ao muro pendia sobre a água, que parecia uma pintura, exceto pelo fato de que tudo estava de ponta-cabeça; mas, quando a água foi mexida, tudo sumiu, e a pintura desapareceu.

Duas penas, que tinham caído dos patos quando eles se agitaram, flutuaram de um lado a outro na água. De repente, ganharam impulso como se o vento estivesse chegando, mas no fim ele não chegou, e elas foram obrigadas a permanecer ali deitadas, enquanto a água foi de novo ficando tranquila e parada. As rosas puderam mais uma vez se dedicar a suas reflexões. Elas eram lindas, mas não sabiam disso, pois ninguém lhes havia contado. O Sol brilhava por entre suas pétalas delicadas, e a doce fragrância se espalhava, carregando felicidade para todos os lugares.

– Que linda existência nós temos! – exclamou uma das rosas. – Tenho vontade de beijar o Sol, por ser tão brilhante e quente. E adoraria beijar as rosas também, nossa imagem na água e os passarinhos tão bonitos em seus ninhos. Também tem passarinhos no ninho acima de nós; eles esticam as cabeças para fora e piam "pio, pio" bem baixinho. Eles não têm penas ainda, como o pai e a mãe. Tanto acima quanto abaixo de nós, temos ótimos vizinhos. Ah, como nossa vida é linda!

Os jovens passarinhos acima e abaixo eram os mesmos: tratava-se de pardais, e o ninho estava refletido na água. Os pais deles eram pardais também, e haviam tomado posse de um ninho vazio de andorinha do ano anterior, e agora o ocupavam como se pertencesse a eles.

– São os filhos daqueles patos que estão nadando ali? – perguntaram os jovens pardais, olhando para as penas que boiavam na água.

– Meus filhos, se vão fazer perguntas, por favor, perguntem coisas sensatas – respondeu a mãe pardal. – Vocês não estão vendo que aquilo lá são penas, o material vivo que usamos, que eu visto e que vocês vão vestir em breve, só que as nossas penas são mais bonitas? Mas eu bem que gostaria de trazê-las aqui para o ninho, ficaria tão mais morno. E estou bem curiosa para saber por que os patos ficaram tão assustados agora há pouco. Não pode ter sido por medo de nós, com certeza, apesar de eu ter dito "pio" bem alto. As rosas cabeçudas deveriam saber, mas elas são muito ignorantes, só ficam olhando umas para as outras e soltando perfume. Ah, eu estou tão cansada de ter vizinhos assim.

– Ouçam os adoráveis filhotes de passarinho acima de nós – disseram as rosas. – Estão tentando cantar. Ainda não conseguem, mas vão conseguir com o tempo. Que enorme prazer vai ser, e que delícia ter vizinhos tão agradáveis!

De repente, dois cavalos muito altivos se aproximaram para beber água. Um menino do campo estava montado em um deles; ele usava um chapéu preto de abas largas, mas havia tirado a maioria das outras peças de roupa, para poder passar pela parte mais funda da lagoa. Ele assobiava como um pássaro e, passando em frente às roseiras, arrancou uma rosa e a colocou no chapéu; seguiu viagem se achando muito cheio de estilo. As outras rosas olharam para a irmã que se afastava e se perguntaram umas às outras para onde ela poderia estar indo, mas nenhuma delas sabia.

– Eu gostaria de sair pelo mundo um dia – falou uma delas –, apesar de ser muito lindo aqui na nossa casa de folhas verdes. O Sol brilha quentinho durante o dia, e de noite o céu fica ainda mais bonito, quando brilha através dos buraquinhos.

Ela estava falando das estrelas, mas não sabia se expressar melhor.

– Nós enchemos uma casa de vida – disse a mãe pardal –, e as pessoas dizem que um ninho de pardais é sinal de sorte, portanto, elas gostam de nos ter aqui. Porém, quanto a essa vizinhança, roseiras perto da parede só provocam umidade. Elas provavelmente serão cortadas, e quem sabe vão plantar milho no lugar. Uma rosa não serve para nada, além de ser admirada e cheirada, ou talvez presa a um chapéu. Eu ouvi da minha mãe que elas caem todos os anos. A esposa do fazendeiro as conserva com sal, e daí elas recebem um nome francês que eu não consigo nem quero pronunciar; depois elas são espalhadas na lareira para produzir um aroma gostoso. E essa é a vida das rosas. Existem apenas para agradar aos olhos e ao nariz, e com isso vocês sabem tudo sobre elas.

Quando anoiteceu, os mosquitos começaram a voar no ar morno abaixo das nuvens rosadas, e os rouxinóis chegaram e cantaram para as rosas que *o belo* era como os raios de sol para o mundo, e que *o belo* vive para sempre. As rosas pensaram que os rouxinóis estavam falando deles mesmos, o que qualquer um poderia pensar com a mesma facilidade; nunca imaginaram que estivessem falando delas. Mas para as rosas tudo era motivo de alegria, e elas se perguntaram se os pardaizinhos no ninho acima iriam, um dia, virar rouxinóis.

– Nós entendemos direitinho a música que aqueles pássaros cantaram – disseram os jovens pardais. – Só uma coisa não ficou clara. O que é *o belo*?

– Ah, nada de importância – respondeu a mãe pardal. – Tem a ver com aparências lá na casa do nobre. Os pombos têm uma casa só deles, e todos os dias alguém espalha milho e ervilha para eles. Eu já jantei lá com eles algumas vezes, e um dia vocês também irão, pois acredito naquela velha máxima "Diz-me com quem andas, e eu direi quem tu és". Bem, lá na casa do nobre há dois pássaros com pescoço verde e crista na cabeça. Eles conseguem abrir as caudas como se fossem grandes rodas, e elas refletem cores tão lindas que chegam a encantar os olhos. Esses pássaros são chamados de pavões e pertencem ao *belo*. Mas se umas poucas penas forem arrancadas de suas caudas, eles não serão mais bonitos do que nós. Eu mesma teria arrancado algumas, se pavões não fossem tão grandes.

– Eu vou arrancar – disse o pardal mais novinho, que ainda não tinha nenhuma pena.

Na cabana vivia um casal jovem, que se amava muito e era muito trabalhador e ativo, de modo que tudo ao redor deles era bonito e caprichado. Bem cedo nas manhãs de domingo, a jovem esposa ia para fora, apanhava algumas das mais belas rosas e as colocava em um vaso com água, o qual ela punha sobre a mesa.

– Agora eu sei que é domingo – dizia o jovem marido, e beijava a esposa querida.

Em seguida, eles se sentavam e, juntos, liam o livro de hinos religiosos, segurando-se as mãos, enquanto o Sol brilhava sobre eles e sobre as rosas frescas no vaso.

– Esta cena é mesmo muito enfadonha – reclamou a mãe pardal, espiando do ninho para dentro da sala; e saiu voando.

A mesma coisa aconteceu no domingo seguinte; na verdade, todo domingo, rosas frescas eram colhidas e colocadas em um vaso, mas mesmo assim a roseira continuava florescendo com máxima beleza. Após um período, cresceram penas nos jovens pardais, e eles quiseram voar, mas a mãe ainda não permitia, então eles eram obrigados a ficar no ninho por ora, enquanto ela voava sozinha. Acontece que uns meninos tinham feito uma armadilha de crina de cavalo em um galho da árvore e, antes que a mãe pardal entendesse o que estava havendo, ficou presa. A crina apertava tanto que quase decepou sua perninha. Quanta dor e quanto medo ela sentiu! Os meninos então subiram rápido até o galho e a capturaram, de um jeito bem pouco delicado.

– Ah, é só um pardal – lamentaram.

Mesmo desapontados, eles não a libertaram, ao contrário, levaram-na para casa com eles; toda vez que ela gritava, eles davam um tapa em seu bico. No pátio, encontraram um senhor de idade que sabia fabricar sabão para fazer a barba e para lavar, em formato de bolo e de bola. Quando ele viu o pardal que os meninos tinham levado para casa e com o qual eles não sabiam o que fazer, o senhor sugeriu:

– Vamos fazer o belo?

Um calafrio percorreu a mãe pardal quando ela escutou isso. De uma caixa repleta de lindas cores, o velho retirou uma concha contendo várias folhas reluzentes de ouro; ele pediu aos jovens que pegassem o branco e besuntou a mãe pardal com ele; depois, colocou as folhas de ouro por cima, de modo que ela ficou dourada da cabeça à cauda. Mas ela não estava interessada em aparências, estava era tremendo de medo da cauda à cabeça. O fabricante de sabão rasgou um pedacinho do forro vermelho do casaco, fez recortes para parecer a crista de um galo e pôs na cabeça dela.

– Agora vocês vão ver o casaco de ouro voar – disse o velho, e soltou a mãe pardal.

Ela imediatamente voou para bem longe, em absoluto pavor, sob a luz resplandecente do Sol. Ah, como ela cintilava! Todos os pardais, e até um corvo, que é uma criatura muito sabichona, ficaram admirados com aquela visão e a seguiram para descobrir de que pássaro estrangeiro se tratava. Na maior angústia e no mais profundo terror, ela voou de volta para casa, quase caindo na terra por falta de forças. O bando que estava perseguindo a mãe pardal cresceu, e algumas aves tentaram bicá-la.

– Olha esse passarinho! Olha pra ele! – todos gritavam.

– Olha esse passarinho! Olha pra ele! – gritaram os filhotes, quando a mãe se aproximou do ninho, pois não a reconheceram. – Deve ser um pavãozinho, porque brilha em todas as cores. Até dói nos olhos, bem que a mamãe falou; pio, pio, é *o belo*.

E começaram a espetar a mãe com seus pequenos bicos, de modo que ela não conseguiu entrar no ninho, pois estava exausta demais até para dizer "Pio, eu sou sua mãe". Então os outros pássaros voaram para cima da mãe pardal e arrancaram todas as penas dela, uma a uma, até que ela tombou ensanguentada no meio da roseira.

– Coitadinha – disseram as rosas. – Descanse em paz. Nós vamos escondê-la; apoie sua cabecinha em nossos caules.

A mãe pardal ainda abriu as asas mais uma vez para, em seguida, tornar a fechá-las sobre si mesma e cair morta entre as rosas, suas belas e adoráveis vizinhas.

❋ ❋ ❋

– Pio – ouviu-se no ninho. – Onde será que a mamãe está? Isso é muito esquisito. Será que é um truque dela para mostrar que agora podemos cuidar de nós mesmos? Ela nos deixou a casa de herança, mas, como não dá para todos morarmos aqui quando tivermos nossas famílias, qual de nós vai ficar com ela?

– Não vai dar para todos vocês ficarem aqui quando eu aumentar a família com uma esposa e filhos – comentou o mais jovem.

– Eu vou ter mais esposas e filhos do que você – replicou o segundo.

– Mas eu sou o mais velho – retrucou o terceiro.

Todos eles ficaram muito bravos e começaram a se bater com as asas e a se bicar, até que, um atrás do outro, acabaram caindo do ninho. Lá ficaram eles, com a cabeça de lado, piscando o olho virado para cima; era o jeito de os pardaizinhos mostrarem que estavam zangados.

Eles sabiam voar um pouco, mas com o treino logo aprenderam a voar muito bem. Após algum tempo, combinaram um sinal para se reconhecerem no futuro, caso voltassem a se encontrar depois de terem se separado. O sinal era gritar "pio, pio" e raspar o pé esquerdo três vezes no chão.

O pardal mais novo, que foi deixado para trás no ninho, pôde se esticar e abrir as asas como nunca antes tinha sido possível; ele era o dono da casa agora. Mas foi uma alegria passageira, pois, durante a noite, labaredas vermelhas de fogo explodiram pela janela da cabana, atingiram o telhado de palha e queimaram de um modo assustador. A cabana inteira virou cinzas, e o pardal pereceu com ela; o jovem casal, felizmente, escapou com vida.

Quando o dia seguinte nasceu e a natureza estava revigorada como depois de uma boa noite de sono, nada restava da cabana, a não ser vigas carbonizadas e enegrecidas encostadas na chaminé, que agora era a única dona do lugar. A fumaça grossa ainda subia das ruínas, mas do lado de fora, junto à parede, a roseira continuava intacta, viçosa e carregada como sempre, e cada rosa aparecia refletida nas águas límpidas mais abaixo.

– Que cena linda – disse um passante – aquelas rosas florescendo na parede de uma cabana destruída. Seria difícil imaginar uma imagem mais bela. Preciso registrar isso.

E o falante tirou do bolso um caderninho cheio de páginas em branco, pois era um artista, e com um lápis desenhou esboços dos escombros fumegantes, das vigas escurecidas e da chaminé, que se projetava do meio delas e parecia cada vez mais bamba. A grande roseira florida aparecia em destaque e acrescentava beleza à cena; na verdade, tinha sido por causa dela que o artista tinha tido a ideia de começar o esboço. Mais tarde naquele dia, dois pardais que haviam nascido ali chegaram.

– Cadê a casa? – eles se perguntaram. – Cadê o ninho? Pio, pio, está tudo queimado e nosso irmão mais forte, que nos empurrou para fora, morreu também. Isso foi o que ele conseguiu ao ficar com o ninho. As rosas sobreviveram muito bem, estão lindas como sempre, com bochechas rosadas; elas não se importam com as desgraças dos vizinhos. Não vou nem falar com elas. E, francamente, na minha opinião, este lugar está feio demais – e foram embora voando.

Em um lindo dia ensolarado de outono, tão claro e brilhante que alguém poderia até se confundir e pensar que ainda era verão, vários pombos estavam pulando e ciscando tranquilamente no pátio da casa do nobre, em frente aos grandes degraus. Alguns eram pretos, outros eram brancos e alguns tinham cores variadas, e suas penas cintilavam ao sol. Uma velha mãe pombo disse aos filhotes:

– Formem grupos, fiquem juntos! Isso dá uma aparência muito mais bonita.

– O que são aquelas criaturinhas cinzentas correndo pra lá e pra cá atrás de nós? – perguntou uma velha pomba que tinha tons de vermelho e de verde ao redor dos olhos. – Cinzentinhos, cinzentinhos – ela gritou.

– São pardais, são gente boa – respondeu outra. – Nós pombas sempre tivemos a fama de ser gentis, então permitimos que eles cisquem o milho conosco. Eles não se metem na nossa conversa e arrastam o pé esquerdo no chão de um jeito tão fofinho.

Sim, sem dúvida era isto mesmo que os cinzentos faziam: arrastavam três vezes, com o pé esquerdo, e diziam "pio", e por esses sinais sabemos que são os mesmos pardais que nasceram no ninho que ficava na cabana que agora estava queimada.

– A comida aqui é bem boa – comentaram os pardais, enquanto os pombos circulavam por ali, dando volta uns ao redor dos outros, de peito estufado, formando as próprias opiniões sobre tudo o que observavam.

– Está vendo aquele pombo lá? – uma pomba perguntou para outra. – Olha como ele come as ervilhas. Pega de monte e sempre escolhe o melhor de tudo. Prrru, pruuu. Que feio, que nojento, como se empina – e os olhos de todos faiscaram de malícia. – Ponham-se em grupos, formem grupos! Vamos, vamos, vocês das penas cinzentas, prrru, pruuu.

E assim continuaram, e assim continuarão daqui a mil anos.

Os pardais comeram vorazmente e ouviram com atenção; até formaram fileiras como os pombos, mas não gostaram, aquilo não era para eles. Então, tendo saciado a fome, deixaram para trás os pombos que estavam falando sobre eles e pousaram na grade do jardim. A porta de um cômodo da casa, que dava para o jardim, estava aberta, e um dos pardais, sentindo-se muito corajoso após a farta refeição, pulou até a entrada, anunciando:

– Pio, vejam até onde eu venho.

– Pio – respondeu o outro –, eu consigo ir até aí e depois mais longe – e entrou.

O primeiro pardal foi atrás do segundo; vendo que não havia ninguém, o terceiro também se encheu de bravura e atravessou o cômodo todo, dizendo:

– Arrisque tudo ou nem comece nada. Este é um lugar maravilhoso, acho que é um ninho de homens. E olhem só para aquilo! O que será?

Bem diante dos pardais estavam as ruínas do chalé queimado; rosas floriam sobre ele e o reflexo de tudo aparecia na água logo abaixo, enquanto as vigas pretas e queimadas se apoiavam na chaminé cambaleante. Mas como? Como foi que a cabana e as rosas entraram na casa do nobre? Os pardais tentaram voar por cima das roseiras e da chaminé, mas bateram contra uma parede. Era uma pintura, um quadro grande e belo que o artista havia pintado a partir do esboço do caderninho.

– Pio – fizeram os pardais. – No fim das contas isso não tem nada de mais, só parece que é de verdade. Pio, isso deve ser *o belo*, eu acho. Vocês conseguem entender? Eu não consigo.

Então algumas pessoas entraram no cômodo e os pardais foram embora. Dias e anos se passaram. Muitas vezes os pombos arrulharam; não vamos dizer que brigaram, embora talvez eles tenham sim brigado, aqueles malcriados. Os pardais sofreram no inverno gelado e viveram em glória durante o verão. Todos eles estavam noivos ou casados, ou seja lá como você prefira chamar. Tiveram filhos, e cada um considerava que os próprios descendentes eram os mais sábios e bonitos.

Um voou para uma direção e outro voou para outra, e quando eles tornavam a se encontrar, reconheciam-se dizendo "pio" e arrastando o pé esquerdo para trás três vezes. Uma fêmea era a mais velha da ninhada; ela ficou solteira, não tinha ninho nem filhotes. Seu maior desejo era conhecer uma cidade grande, então voou para Copenhague.

Perto do castelo, ao lado do canal onde muitíssimos navios passavam, transportando maçãs e objetos de cerâmica, havia uma casa muito bonita. As janelas eram mais largas na parte de baixo do que na parte de cima; quando os pardais espiavam lá dentro, viam uma sala que para eles parecia uma tulipa multicor. Dentro dessa tulipa havia figuras brancas de seres humanos, feitas de mármore; algumas eram de gesso, mas para os pardais é a mesma coisa. Em cima do telhado, ficavam uma carruagem e cavalos de metal, e a deusa da vitória, também de metal, sentada na carruagem, conduzindo os animais.

Era o museu do escultor Thorvaldsen.

– Ah, como brilha e rebrilha! – admirou-se a senhorita pardal. – Isto deve ser *o belo*, pio, pio, só que maior do que um pavão.

Ela lembrava que a mãe havia contado, na infância, que o pavão era um dos maiores exemplos do *belo*. Ela voou para baixo e chegou ao pátio, onde tudo era grandioso. As pinturas das paredes mostravam palmeiras, e no centro do pátio havia uma roseira enorme, toda florida, estendendo seus jovens e tenros galhos por cima de uma sepultura. Para lá voou a senhorita pardal, pois tinha visto muitos outros de sua espécie.

– Pio – ela falou, arrastando o pé para trás três vezes.

Ao longo dos anos que se haviam passado, ela tinha feito esse cumprimento para outros pardais muitas vezes, porém sem nunca obter nenhum tipo de reconhecimento, pois amigos que uma vez se separam não voltam a se encontrar toda hora. Esse jeito de cumprimentar havia se tornado um hábito para ela, e eis que hoje dois pardais velhos e um jovem retribuíram o gesto.

– Pio – eles responderam, e arrastaram o pé para trás três vezes; os dois pardais mais velhos tinham saído do mesmo ninho, e o mais jovem também era da família.

– Ah, bom dia; como vai? Que coincidência nos encontrarmos aqui. Pena não haver muita comida, mas o palácio é maravilhoso, é *o belo*. Pio.

Muitas pessoas saíam dos salões laterais nos quais ficavam as estátuas de mármore e se aproximavam da sepultura onde estavam os restos mortais do grande mestre que as havia esculpido. Em todas as faces reunidas em volta do túmulo havia um ar de admiração, e algumas pessoas recolheram as pétalas de rosa caídas para guardar de lembrança. Os visitantes vinham dos lugares mais afastados; um era da poderosa Inglaterra, outros vieram da Alemanha e da França. Uma senhora muito elegante colheu uma flor e a escondeu no decote. Então os pardais pensaram que as rosas comandavam o lugar, e que o museu tinha sido construído para elas, o que parecia mesmo uma honra enorme. Visto que as pessoas demonstravam tanto amor pelas rosas, os pardais decidiram que não iam ficar atrás em suas demonstrações de respeito.

– Pio – eles disseram, começando a varrer o chão com a cauda, enquanto espiavam discretamente as rosas.

Eles ainda não tinham observado as flores por muito tempo, mas já estavam convencidos de que elas eram suas velhas conhecidas; e o eram, de fato. O artista que havia feito o desenho da roseira e das ruínas da cabana tinha, depois, recebido permissão para transplantar a árvore; ele a retirou e entregou ao arquiteto do museu, pois ninguém jamais tinha visto rosas mais lindas do que aquelas. O arquiteto então plantou a roseira junto à sepultura de Thorvaldsen, onde ela continuou a florir; era a própria imagem do *belo*, espalhando suas perfumadas pétalas para que fossem recolhidas e levadas para terras distantes, como lembrança do lugar onde tinham caído.

– Vocês conseguiram uma posição na cidade? – os pardais perguntaram às rosas.

As flores acenaram, concordando. Elas reconheceram os pequenos vizinhos marrons e ficaram muito contentes por revê-los.

– É uma delícia viver aqui e florir, encontrar velhos amigos e ver rostos alegres o tempo todo – as rosas responderam. – É como se todo dia fosse feriado.

– Pio – os pardais comentaram entre si. – Sim, são as nossas antigas vizinhas, as que ficavam perto da lagoa. Pio! Subiram na vida, sem dúvida. Tem gente que parece progredir até dormindo. Ah, mas olha ali uma folha murcha. Estou vendo claramente.

Então, os pardais bicaram a folha até que ela caiu, mas a roseira continuou viçosa e verdinha como nunca. As rosas desabrochavam ao sol junto à sepultura de Thorvaldsen e por isso ficaram associadas a seu nome imortal.

AS ROUPAS NOVAS DO IMPERADOR

Era uma vez, há muitos e muitos anos, um imperador que adorava roupas. Ele gostava tanto de ter novas roupas que gastava todo o dinheiro com elas. Ele não se preocupava com o exército, não dava importância ao teatro nem às caçadas, a não ser pela oportunidade que esses programas ofereciam de ele se exibir em roupas novas. Ele possuía um traje para cada hora do dia, e assim como as pessoas dizem de outros reis e imperadores: "Ele está na sala de reuniões do conselho", sobre este as pessoas diziam: "Ele está no quarto de vestir".

A vida era muito fácil e alegre na cidade onde o imperador vivia, e um grande número de estrangeiros chegava diariamente. Entre esses visitantes chegaram, certo dia, dois malandros. Eles se apresentaram como tecelões e afirmaram que produziam peças com o tecido mais extraordinário que se podia imaginar. Não apenas as cores e os padrões eram de rara beleza, mas as roupas feitas com ele tinham a particularidade de se tornar invisíveis aos olhos de quem fosse inadequado para o cargo que ocupava e também para quem fosse muito burro.

"Essas roupas são muitíssimo valiosas", o imperador pensou. "Se eu as usar, vou descobrir quais homens do meu império não servem para o posto que ocupam. Poderei distinguir os sábios dos tolos. Sim, sem dúvida preciso encomendar roupas feitas com este tecido."

E pagou aos trapaceiros uma boa soma em dinheiro, adiantada, como eles exigiram.

Os dois patifes, então, montaram dois teares e fingiram tecer, apesar de não haver nada nas lançadeiras das máquinas. Eles pediram metros e metros da mais fina seda e quilômetros de linhas de ouro. Esconderam tudo nas malas e continuaram trabalhando noite adentro nos teares vazios.

"Eu bem que gostaria de saber como está indo o trabalho dos tecelões", o imperador pensou. Mas ele se sentia estranho quando lembrava que os bobos e os inadequados para seus empregos não eram capazes de enxergar o tecido. Ele acreditava, do fundo do coração, que não tinha nada a temer por si mesmo, mas, ainda assim, achou melhor mandar outra pessoa ver como as coisas estavam indo. Todo mundo na cidade tinha ouvido falar que o material era invisível aos bobos e estavam curiosos para descobrir o nível de tolice do vizinho.

"Vou despachar aos tecelões o meu primeiro-ministro, que é confiável e está comigo há muitos anos", o imperador refletiu. "Ele será o mais capaz de avaliar, pois é um homem sensato e ninguém é mais adequado ao cargo do que ele."

Então lá se foi o respeitável senhor ao salão onde os dois malandros estavam fiando nos teares vazios. "Misericórdia!", pensou o velho primeiro-ministro, arregalando os olhos. "Ora, eu não estou vendo nada!" Mas ele teve o cuidado de não dizer aquilo em voz alta.

Os dois vigaristas pediram que ele chegasse um pouco mais perto e perguntaram se ele não achava lindos os padrões e belas aquelas cores. Enquanto diziam isso, eles apontavam para o tear; o coitado do primeiro-ministro observava com máxima força e concentração, mas ainda assim não enxergava nada, é claro, porque não havia nada ali para ser enxergado.

"Deus nos proteja!", o pobre senhor pensou. "Será possível que eu seja um tolo? Nunca achei que fosse, e ninguém pode descobrir. Será verdade que não estou à altura do meu cargo? Jamais poderei dizer que não consegui enxergar o tecido."

– Bem, senhor, o que achou da roupa? – perguntou um deles, fingindo que estava trabalhando.

– Ah, é muito elegante, muito bonita – respondeu o ministro, meio confuso, enquanto espiava mais uma vez através dos óculos. – Que padrão refinado, que cores distintas! Certamente direi ao imperador que fiquei muito satisfeito com o trabalho.

– A satisfação é toda nossa.

Os falsos tecelões passaram então a nomear as cores e a apontar e comentar os desenhos da estampa. O primeiro-ministro prestou a maior atenção, de modo a conseguir repetir tudo para o imperador quando voltasse ao palácio. Os trapaceiros então exigiram mais dinheiro, mais seda e mais linha de ouro para poder continuar tecendo; como da outra vez, pegaram todo o material para si mesmos e continuaram trabalhando de mentirinha nos teares vazios.

Algum tempo depois, o imperador mandou que um segundo homem de sua confiança fosse checar como o trabalho estava progredindo e quando ficaria pronto. Aconteceu com ele o mesmo que com o primeiro-ministro: ele olhou e olhou, mas, como só havia teares vazios, não enxergava mais nada.

– Não é um maravilhoso pedaço de tecido? – os tecelões perguntaram, apontando para um dos teares e apresentando o padrão e as cores que não existiam.

"Eu não sou besta, eu sei que não sou!", pensou o homem. "Então devo ser inadequado para o meu trabalho. Isso é muito estranho, mas não posso deixar que ninguém perceba." Então ele elogiou a roupa que não tinha visto e garantiu aos tecelões que estava maravilhado com as cores adoráveis e com o padrão belíssimo.

– Sua roupa está ficando perfeitamente encantadora – ele declarou ao imperador.

Na cidade, só se falava sobre o esplendor da roupa. O imperador decidiu ir ver pessoalmente, enquanto ainda estava sendo tecida. Acompanhado de um grupo de homens cuidadosamente escolhidos, entre eles os dois respeitáveis oficiais que já tinham estado lá, ele partiu para visitar os impostores, que continuavam trabalhando tão duro quanto antes nos teares vazios.

– Não é magnífica? – disseram os dois honestos oficiais. – Observe, majestade, que cores esplêndidas e que padrão admirável! – e apontaram para os teares, acreditando que todos os demais estavam enxergando alguma coisa, mesmo que eles próprios não estivessem.

"O quê?!", ele pensou. "Mas eu não estou vendo nada! Isto é terrível! Então eu sou um bobo? Não sou adequado para ser o imperador? Ah, meu Deus, nada pior poderia acontecer comigo!"

– Ah, sim, é muito bonita, e tem minha mais alta aprovação – o imperador falou em voz alta, mexendo a cabeça em sinal de aprovação enquanto olhava para os teares vazios, pois não iria trair a si mesmo confessando que não estava enxergando roupa nenhuma.

Todo o grupo ficou olhando sem ver nada, porém, como o imperador, todos exclamaram:

– Ah, sim, é muito bonita!

Eles inclusive sugeriram que o imperador deveria estrear aquela esplêndida roupa nova na grande procissão que iria ocorrer dali a alguns dias.

"Esplêndida!", "Maravilhosa!" e "Magnífica!" foram os elogios que correram de boca em boca. Todos os acompanhantes do imperador estavam igualmente encantados com o trabalho dos falsos tecelões. Para cada um dos dois impostores o imperador deu uma condecoração e o título de Cavalheiro Tecelão da Corte Imperial.

Na véspera da procissão, os tecelões ficaram acordados a noite inteira e gastaram dezesseis velas, para que as pessoas vissem como eles estavam aflitos e dedicados a terminar a roupa nova a tempo. Eles fingiam colocar e tirar coisas do tear, cortavam o ar com grandes tesouras e faziam movimentos de costura usando agulhas que não tinham linha. Por fim, anunciaram:

– As roupas estão prontas.

O imperador e um séquito de bajuladores foram até os tecelões vigaristas, que ergueram o braço do monarca, um de cada lado, como se ele estivesse de fato segurando alguma coisa, e disseram:

– Veja, aqui estão as calças! Eis o casaco! Cá está o manto! São peças leves como teias de aranha. A pessoa pode até sentir como se não estivesse vestindo nada, mas esta é exatamente a beleza da coisa!

– Sim, é isso mesmo – concordaram os bajuladores, apesar de não estarem vendo nada, pois não havia nada para ser visto.

– Vossa majestade poderia, por gentileza, despir suas roupas, para que possamos vestir as novas e avaliar o efeito no espelho?

O imperador tirou a roupa e os malandros fingiram que o vestiam com os novos trajes: primeiro uma peça, depois outra. Eles fizeram de conta que estavam prendendo uma coisa na cintura do imperador e depois que estavam amarrando uma segunda coisa nesta primeira: falaram que era a cauda do manto, e o imperador se virou diante do espelho para ver.

– Ah, mas como Vossa Majestade ficou incrível nas roupas novas! Como elas vestiram bem – disseram todos os aduladores. – É uma vestimenta esplêndida!

– A proteção, que durante a procissão será carregada por cima de Vossa Majestade, para que o Sol não incomode, já está aguardando lá fora – informou o mestre de cerimônias.

– Muito bem, estou pronto – ele respondeu. – Minhas novas roupas não ficaram mesmo ótimas? – e dizendo isso ele se virava e revirava diante do espelho, para dar a entender aos demais que estava admirando o efeito.

Os camareiros responsáveis por carregar o manto se agacharam, puseram as mãos perto do chão, como se estivessem suspendendo algo, e depois fingiram que seguravam alguma coisa no ar. Eles não iam deixar transparecer que não estavam vendo nem sentindo nada.

De modo que lá se foi o imperador para a procissão, andando debaixo da cobertura contra o Sol. Por todas as ruas, quem o via exclamava:

– Como são lindas as novas roupas do imperador! Que caimento perfeito! E o manto também é esplêndido!

Ninguém queria deixar transparecer que não estava enxergando nada, pois isso seria prova de que a pessoa não servia para o emprego que tinha. Nenhuma roupa do imperador jamais tinha sido tão elogiada quanto aquela!

– Mas o imperador está nu! – gritou uma criancinha.

– Ouçam a voz da inocência – disse o pai da criança, e depois disso começou um burburinho que correu de boca em boca, e todos murmuravam: "Ele não está vestindo nada, uma criança disse que o imperador está nu!".

– O imperador está nu! – gritaram todos os súditos.

O imperador ficou em choque, pois suspeitava que as pessoas tivessem razão. Porém, ele pensou: "Preciso levar isto até o fim, e dar seguimento à procissão". Então ele se empinou e ficou mais rígido do que nunca, e os camareiros elevaram um pouquinho mais o manto que não existia.

CADA COISA EM SEU DEVIDO LUGAR

Há mais de cem anos, atrás de um bosque e ao lado de um lago profundo, ficava a velha mansão de um barão. Ao redor da mansão havia um fosso também profundo, no qual cresciam bambus e juncos, e junto à ponte, perto do portão de entrada, ficava um velho salgueiro inclinado sobre o fosso.

Certo dia, chegaram de uma alameda estreita o som de trombetas e o tropel de cavalos. A menininha que tomava conta dos gansos se apressou em tirá-los da ponte, antes que o grupo de caçadores entrasse galopando por ali. Entretanto, eles se aproximaram tão rápido que ela foi obrigada a escalar e se sentar no parapeito da ponte, ou teriam passado por cima dela. A menina era pouco mais do que uma criança: bonita, de constituição frágil e expressão gentil nos olhos azuis; nada disso foi observado pelo barão, que, ao passar por ela, inverteu a posição do chicote que carregava e, com um movimento brusco, deu na pequena cuidadora de gansos um empurrão tão grande com o cabo que ela caiu na água.

– Cada coisa em seu devido lugar! – ele gritou. – E o seu é na lama!

O barão riu alto da "piada" que tinha feito, e os demais gargalharam junto. O grupo todo gritou e berrou, e os cães latiram muito.

Felizmente, ao cair, a coitadinha tinha conseguido se agarrar a um dos galhos pendentes do salgueiro e assim evitado o mergulho no lamaçal. Logo que o barão, seus acompanhantes e os cães desaparece-ram, cruzando o portão do castelo, ela tentou se erguer, mas o galho havia se partido no topo, e ela teria caído para trás, no meio dos juncos, se, bem nessa hora, uma mão forte não tivesse aparecido lá em cima para puxá-la. Era a mão de um vendedor ambulante, que, ali de perto, tinha visto tudo e corrido para ajudar.

– Cada coisa em seu devido lugar – ele disse, imitando o nobre barão, enquanto pousava a menina sã e salva no chão seco.

O rapaz teria recolocado o galho partido no tronco, mas nem sempre é fácil conseguir pôr "cada coisa em seu devido lugar", então ele o enfiou na terra macia, dizendo:

– Cresça e se desenvolva o máximo que puder, até virar uma boa flauta para alguém lá do castelo. Com a permissão do nobre barão e da família dele, eu gostaria que ouvissem meu desafio.

Então ele rumou para o castelo, mas não entrou pelo salão nobre, pois era humilde demais para isso. Dirigiu-se aos quartos dos criados e das criadas, que examinaram até do avesso as mercadorias que ele tinha para vender, enquanto lá de cima, onde o grupo estava à mesa, chega-vam sons de gritos e berros que eles chamavam de "canto". Na verdade, eles faziam o melhor que podiam. Risos altos, misturados aos uivos dos cães, escapavam pelas janelas. Estavam todos comemorando e fazendo festa. Vinho e uma cerveja forte espumavam em jarras e copos, até os cachorros comiam e bebiam com os donos. Mandaram chamar o vende-dor ambulante, mas foi só para se divertirem à custa do rapaz. O vinho tinha subido à cabeça de todos, e o bom senso, escorrido pelo chão. Despejaram vinho em uma meia e deram a ele para que bebesse; o rapaz teve de tomar muito rápido, é claro. O grupo achou aquilo de uma graça irresistível e explodiu em novas gargalhadas. No baralho, fazendas inteiras, incluindo trabalhadores e gado, foram apostadas e perdidas.

– Cada coisa em seu devido lugar – disse o ambulante, quando por fim escapou daquela Sodoma e Gomorra[1] lá em cima. – Meu lugar é ao ar livre, nas estradas; aquela casa não me agrada nem um pouco.

---

1 Cidades que, segundo o livro de Gênesis, foram destruídas por Deus devido aos pecados que eram cometidos pelos habitantes. (N.E.)

Quando ele estava saindo do castelo, viu a menininha tomando conta dos gansos, e ela acenou para ele amigavelmente. Dias e semanas se passaram, e ficou claro que o galho de salgueiro que tinha sido enfiado na terra pelo ambulante, perto do fosso do castelo, havia vingado, pois estava fresco e verde, e dele brotavam novos ramos.

A menina, percebendo também que o galho tinha deitado raízes, ficou muito contente e decidiu:

– Agora, então, esta árvore é minha.

A árvore floresceu, e como! No castelo, porém, entre gula e jogatina, as coisas iam de mal a pior, pois essas coisas são como rodas instáveis, e ninguém está seguro em cima delas. Menos de seis anos haviam se passado quando o nobre barão perdeu tudo e cruzou o portão como um homem pobre. A mansão foi comprada por um comerciante rico. Esse comerciante era ninguém menos do que o rapaz a quem, antes, tinham servido vinho em uma meia, apenas para zombar dele. A honestidade e o trabalho duro são como vento favorável para um navio, e levaram o modesto vendedor ambulante a se tornar o proprietário do imóvel do barão. A partir daquele momento, mais nenhum jogo de cartas foi permitido ali.

O novo proprietário se casou, e com quem mais seria, se não com a pequena cuidadora de gansos, que havia permanecido séria e bondosa, e que ficava tão linda em seus novos e elegantes trajes como se tivesse sido, desde sempre, uma dama da alta sociedade. Seria uma história comprida demais para contar agora, nesta época tão cheia de pressa e correria em que vivemos, mas ela aconteceu de verdade e a parte mais importante ainda está por vir.

Viver na mansão, agora, era um prazer. A moça cuidava pessoalmente dos afazeres domésticos e o rapaz cuidava da propriedade. Era um lar abençoado, pois, quando a retidão conduz, a prosperidade logo se segue. A velha casa foi limpa e pintada; esvaziaram o fosso e plantaram árvores frutíferas; do lado de dentro, o chão foi varrido e encerado até ficar brilhando, e tudo era limpo e alegre.

Durante o longo inverno, a dona da casa sentava no grande salão com as criadas, e o grupo tecia e conversava. O marido, já em idade avançada, tinha sido nomeado juiz. Todo domingo ele lia a *Bíblia* com a família reunida. Sim, família, pois eles tiveram filhos e as crianças receberam a melhor educação; nem todas tinham a mesma inteligência, mas é assim mesmo em todas as famílias. Enquanto isso, lá fora, o galho junto ao portão do castelo havia crescido até se tornar uma árvore enorme, belíssima, que se desenvolvia sem ser podada e em total liberdade. Os pais diziam aos pequenos:

– Aquela é a nossa árvore genealógica. Ela deve ser respeitada e estimada por todos, mesmo pelos que não são muito inteligentes.

Cem anos se passaram e o lugar mudou bastante. O lago virou um brejo e o velho castelo do barão quase desapareceu. Só o que havia restado eram a piscina, o fosso fundo e as ruínas de algumas paredes. O magnífico salgueiro, com seus galhos dependurados, tinha resistido: era a mesma árvore genealógica dos velhos tempos. Lá estava ele, demonstrando os níveis de beleza que um salgueiro pode atingir quando é deixado em paz para crescer livremente. É verdade que o tronco estava partido ao meio desde a raiz até o topo e que ventos constantes o haviam curvado um pouco, mas ele tinha resistido a tudo com muita firmeza; de cada fenda para onde o vento tinha levado um pouco de terra nasciam brotos e flores. Na parte de cima, amoras silvestres se enrodilharam nos grandes galhos, e agora o topo do salgueiro parecia um jardim suspenso. Até o pequeno visco deitou raízes ali e floresceu, gracioso e delicado, entre os galhos do salgueiro, que se refletiam na água escura do lago. Algumas vezes, o vento que soprava do mar espalhava as folhas do salgueiro. Um caminho cruzava o campo próximo à árvore.

No alto de uma colina, perto da floresta e com uma vista maravilhosa à frente, ficava a nova mansão baronial, com janelas de vidro tão transparente que pareciam não ter nenhum. O grande lance de escadas que levava à entrada parecia um caramanchão de rosas e plantas de folhas largas. O gramado era tão viçoso e verdinho como se cada folha de grama fosse lavada toda manhã e toda tarde. Na sala, quadros caros decoravam as paredes. As cadeiras e sofás eram de seda e veludo e pareciam quase ter vida própria. Havia mesas com tampos de mármore e livros encadernados em veludo e ouro. Aqui, realmente, viviam pessoas ricas de alta estirpe: eram o novo barão e sua família.

Cada objeto era pensado para combinar com o restante da mobília. O lema da família ainda era "cada coisa em seu devido lugar". Assim, os quadros que antigamente eram a honra e glória da velha casa ficavam, agora, no corredor que levava aos dormitórios dos empregados. Eram considerados trastes, em especial dois retratos, o de um homem com peruca e um casaco cor-de-rosa, e outro de uma senhora com cabelos frisados e empoados, com uma rosa na mão, ambos ornados com uma coroa de folhas de salgueiro. Esses dois retratos eram cheios de furos, pois as crianças da casa sempre faziam dos dois idosos o alvo de suas flechas. Entretanto, eram os retratos do juiz e sua esposa, de quem a família atual descendia.

– Mas eles não são exatamente da nossa família – dizia um dos barõezinhos –, porque ele era um vendedor ambulante e ela tomava conta de gansos. Eles não eram como o papai e a mamãe.

Assim, esses quadros, por serem velhos, eram considerados sem valor, e, já que o lema era "cada coisa em seu devido lugar", o bisavô e a bisavó da família foram despachados para o corredor que conduzia aos quartos dos empregados.

O filho do pastor do lugar trabalhava como tutor na mansão. Um dia, ele estava caminhando com os alunos, os barõezinhos da família, e com a irmã mais velha deles, que tinha acabado de ser crismada. Eles tomaram o caminho que cruzava o campo, que passava perto do velho salgueiro. Enquanto andavam, a jovem senhorita fez uma coroa com os botões dos canteiros e as flores selvagens, "cada um em seu devido lugar", e a coroa ficou, no geral, bem bonita. Ao mesmo tempo, ouvia com atenção cada palavra que o tutor dizia. Ela gostava muito de ouvi-lo falar das maravilhas da natureza e sobre os grandes homens e mulheres da história. A mocinha tinha uma cabeça ótima, com nobreza de pensamentos e sentimentos, e o coração cheio de amor por todas as criaturas de Deus.

O grupo parou perto do velho salgueiro. O mais jovem dos barõezinhos queria um galho para transformar em flauta, como já tinha feito antes de vários outros salgueiros. O tutor partiu um galho.

– Ah, não faça isso – exclamou a jovem baronesa, mas era tarde demais. – Desculpe, é que essa é a nossa famosa velha árvore, e eu gosto muitíssimo dela. Em casa, eles dão risada de mim por causa disso, mas eu não me importo. Esta árvore tem uma história.

Então ela contou a ele o que nós já sabemos: sobre o velho castelo, sobre o vendedor ambulante e a menina dos gansos terem se encontrado ali pela primeira vez e depois se tornado os antepassados da nobre família à qual a baronesa pertencia. Ela contou:

– Eles eram ótimas pessoas. Não eram nobres. Seu lema era "cada coisa em seu devido lugar", e eles achavam que não seria certo comprar um título de nobreza com dinheiro. Meu avô, o primeiro barão, era filho desse casal. Era um homem muito culto, conhecido e estimado por príncipes e princesas, e participava de todas as festas da corte. Lá em casa, todos amam esse meu avô acima dos demais, mas meu coração, não sei por quê, sente um amor especial por aquele primeiro casal. O ambiente na velha casa devia ser muito sociável e cheio de ternura, com minha bisavó costurando com as criadas e o marido dela lendo a *Bíblia* em voz alta.

– Certamente eram pessoas encantadoras e sensatas – respondeu o tutor.

A conversa passou para pessoas nobres e plebeias. O tutor falava com grande entusiasmo sobre o propósito e as intenções da nobreza; até parecia que ele próprio não era um plebeu.

– Sem dúvida, é uma sorte pertencer a uma família que obteve destaque no mundo e herdar a energia que nos move em direção a tudo que seja bom e útil. É agradável carregar um sobrenome que funciona como cartão de entrada nos círculos mais elevados. A verdadeira nobreza é sempre honrada e generosa. É uma moeda que recebeu a impressão do próprio valor. Hoje em dia, há um engano em que muitos poetas caem: afirmar que todos os nobres de nascimento são tolos ou maus e que, quanto mais descemos na escala social, mais encontramos pessoas de caráter nobre e limpo. Eu penso que isso é falso. Em todas as classes sociais podemos encontrar homens e mulheres com grandeza e beleza em seus corações.

E o tutor continuou:

– Minha mãe me contou um exemplo disso, e eu mesmo presenciei muitos outros. Ela estava, certa vez, visitando uma família nobre na cidade. Parece que minha avó tinha sido criada por aquela família. Um dia, quando minha mãe e o nobre por acaso estavam sozinhos, uma velha senhora entrou mancando no jardim, andando com muletas. Ela ia lá todos os domingos e sempre ganhava um presente. "Lá vem a pobre velha senhora", o nobre disse. "Quanta dificuldade ela tem para andar!" Muito depressa, antes que minha mãe entendesse direito o que o nobre tinha dito, ele havia partido correndo em direção à senhora, levando o presente que ela tinha ido receber, de modo a poupá-la do esforço de continuar andando. Claro que este é apenas um pequeno exemplo, mas, como as duas moedas que a viúva oferece na história da *Bíblia*, é um gesto que ecoa no coração.

O filho do pastor comentou ainda:

– Essas são as pessoas de quem os poetas deveriam falar em música e texto, porque elas suavizam as diferenças e ajudam a irmanar os homens. Porém, quando um ser humano, por causa de seus antepassados nobres e de sangue azul, empina e dança nas ruas feito um cavalo árabe ou fala com maldade das pessoas comuns, é a própria nobreza que corre o risco da decadência, não passa de uma máscara, como a do teatro grego. As pessoas ficam contentes quando gente assim vira alvo de sátira.

Este foi o discurso do tutor; meio longo, é verdade, mas enquanto falava ele estava concentrado em entalhar a flauta.

Houve um grande baile na mansão naquela noite. O salão principal estava cheio de convidados, alguns da vizinhança, outros da capital. Havia muitas moças usando roupas caras de bom e de mau gosto e, no canto, religiosos vindos das paróquias próximas se reuniam, com semblantes graves como se estivessem em um enterro. Enterro aquela festa não era, definitivamente; era uma diversão, um momento de prazer, mas o maior prazer ainda estava por vir. Música e canto preenchiam o ambiente, e uns após os outros os convidados se apresentavam. O barãozinho chegou com a flauta nova, mas nem ele nem o pai conseguiram tirar dela uma única nota. Foi decretado que ela tinha defeito.

CONTOS DE FADAS DE ANDERSEN

– Mas você, com certeza, sabe tocar – disse um cavalheiro malicioso, dirigindo-se ao tutor. – Você, sem dúvida, é tão bom tocando quanto entalhando uma flauta. Você é um gênio universal, ouvi dizer, e ser gênio está muito na moda hoje em dia. Ah, nada como ser gênio! Venha; tenho certeza de que fará a delicadeza de nos encantar esta noite, tocando o pequeno instrumento.

E com essas palavras ele entregou a flauta ao tutor, anunciando em voz alta que o rapaz concederia ao grupo a honra de ouvir um solo de flauta. Era bem óbvio que aquelas pessoas queriam zombar do rapaz, e no começo ele se recusou a tocar. Porém, elas insistiram tanto, e por tanto tempo, que ele acabou cedendo e, contrariado, levou a flauta aos lábios.

Que flauta estranha! Dela saiu um som alto, agudo e vibrante como o de um motor a vapor; não... Muito mais alto! Espalhou emoção pela casa toda, pelo jardim e pelo bosque, avançou quilômetros pelos campos; e com o som assoviou um vento bem forte, que com seu hálito de tempestade soprava claramente as palavras: "Cada coisa em seu devido lugar!".

Imediatamente, o barão, que era o anfitrião e mestre do salão, foi pego pelo vento, transportado pelos ares e preso no quarto do porteiro. Enquanto isso, o próprio porteiro também foi carregado; não ao salão principal, pois não servia para estar lá, mas para a ala dos empregados, onde lacaios metidos e bem-vestidos abanavam a cabeça, horrorizados por ver uma pessoa tão humilde dividindo a mesa com eles.

Ao mesmo tempo, no salão nobre, o vento levantou a jovem baronesa e a acomodou na cabeceira da mesa, no posto de honra que ela merecia ocupar, e a seu lado foi colocado o tutor. Lá ficaram, diante de todos, como noiva e noivo. Um velho conde, descendente de uma das mais nobres famílias da região, manteve seu assento, pois a flauta era rigorosamente justa. Por fim, o cavalheiro malicioso, que tinha sido o responsável por começar todo aquele tumulto, foi jogado aos rodopios pela janela, indo cair lá fora, no quintal, no meio dos gansos.

Até na cidade, bem distante da mansão, a flauta operou maravilhas. A família de um comerciante rico, andando em uma carruagem de quatro cavalos, foi jogada pra fora pelas janelas. Dois fazendeiros, que enriqueceram e ficaram arrogantes a ponto de descuidar dos parentes, foram derrubados dentro de um fosso sujo. A flauta era perigosa! Por sorte, ao primeiro som que emitiu, foi guardada de volta, em segurança, no bolso do tutor. "Cada coisa em seu devido lugar!"

No dia seguinte, ninguém comentava as aventuras da noite anterior; era como se nada tivesse acontecido. O assunto foi abafado e tudo seguiu como antes, exceto pelos dois antigos retratos do vendedor ambulante e da guardadora de gansos, que o vento soprou de volta para o salão principal. Um especialista em arte teve a oportunidade de observar os quadros e declarou que tinham sido pintados por um grande mestre; por isso, as telas foram limpas e restauradas, e tratadas com muita consideração dali em diante. O valor delas não era reconhecido antes.

"Cada coisa em seu devido lugar!" Assim deve ser. Nunca tenha medo, tudo acontece na hora certa. Bem, talvez não neste mundo, porque aí já seria esperar demais.

HISTÓRIAS DO SOL

– Eu vou contar uma história – anunciou o Vento.

– Perdão, mas agora é a minha vez – disse a Chuva. – Você não estava rugindo na esquina esse tempo todo, e tão alto quanto conseguia?

– É assim que você me agradece? – o Vento respondeu. – Eu, que por sua causa viro do avesso, e às vezes até quebro, todos os guarda-chuvas, sendo que as pessoas debaixo deles não querem ter o menor contato com você?

– Eu é que vou falar – afirmou o Sol. – Silêncio!

O Sol ordenou silêncio com tanta grandeza e majestade que o Vento se encolheu, aborrecido, e a Chuva, caindo em cima dele e o balançando, falou:

– Nós não vamos admitir! O Sol está sempre querendo brilhar, pensa que é uma estrela. Não vamos lhe dar ouvidos; o que ele tem a dizer não vale a pena ouvir.

Mesmo assim, o Sol começou a falar, e o que ele disse foi o seguinte:

– Um belo cisne estava sobrevoando as ondas do mar. Cada uma de suas penas brilhava como ouro. Uma pena se soltou e desceu até uma grande embarcação de carga, que navegava com todas as velas enfunadas. A pena caiu no cabelo cacheado de um jovem rapaz, cujo trabalho era cuidar da mercadoria a bordo. O barco era um supercargueiro. A pena da ave da sorte tocou a testa dele, virou uma caneta em sua mão, e lhe trouxe tanta sorte que ele logo se tornou um mercador muito rico;

rico o suficiente para comprar para si mesmo esporas de ouro, rico o suficiente para trocar um prato de ouro pelo escudo de um nobre, escudo este no qual eu brilhava.

❄ ❄ ❄

E o Sol continuou:

– O cisne voou para muito, muito longe, por cima dos prados verdejantes e ensolarados, onde um pequeno pastor, de apenas 7 anos, tinha se deitado à sombra de uma velha árvore, a única que havia à vista. Ao passar voando, o cisne beijou uma das folhas da árvore. Aquela folha caiu nas mãos do menino e se transformou em três folhas, em dez e depois em um livro inteiro; sim, e naquele livro o menino leu sobre as maravilhas da natureza, sobre sua língua nativa, sobre fé e saber. À noite, ele guardou o livro sob o travesseiro, para não esquecer o que tinha lido. O esplêndido livro o levou até uma sala de aula, e de lá para muitos outros lugares, sempre em busca de conhecimento – e o Sol então concluiu: – Eu li o nome dele entre os nomes dos homens mais cultos.

❄ ❄ ❄

Em seguida, o Sol contou mais uma história:

– O cisne voou para uma floresta silenciosa e solitária, e descansou um pouco no lago profundo e escuro onde cresciam lírios, onde maçãs silvestres podem ser encontradas na praia, e o cuco e o pombo selvagem fazem seus ninhos. Nesta floresta, uma pobre mulher pegava lenha: ramos e galhos secos que tivessem caído. Ela os transportava em uma trouxa nas costas, enquanto nos braços carregava uma criancinha. A mulher também viu o cisne, a ave da sorte, quando ele alçou voo partindo dos juncos na praia. O que era aquilo que brilhava tanto? Um ovo dourado e ainda morno. Ela o acomodou junto ao peito, e morno ele continuou. Certamente haveria vida dentro daquele ovo! Ela ouviu bicadas suaves dentro da casca, mas pensou que fosse o próprio coração batendo. Chegando em casa, que era apenas uma modesta cabana, ela retirou o ovo. "Bic, bic", ele fez, parecendo um relógio; mas não era um relógio, era um ovo: um ovo de verdade, vivo!

E o Sol disse mais:

– O ovo rachou e abriu, e um adorável filhotinho, com uma plumagem que parecia feita de ouro, pôs para fora a minúscula cabeça. Em volta do pescoço, ele trazia quatro anéis, e esta mulher tinha quatro filhos: três em casa e mais aquele bebê que tinha estado com ela na floresta solitária. Na mesma hora, ela entendeu que deveria dar um anel para cada criança. Assim que os retirou do pequeno cisne, ele partiu voando. A mulher beijou os anéis todos e em seguida fez com que cada filho beijasse um também; depois, ela pousou no peito de cada filho o anel que ele tinha beijado, aguardou um momento e pôs no dedo de cada menino. Eu vi tudo – disse o Sol –, e vi também o que aconteceu depois.

E o que aconteceu depois o Sol contou na sequência:

– Um dos meninos foi brincar perto de uma vala. Ele modelou um pouco de argila, torcendo e retorcendo o material até obter uma figura idêntica a Jasão, aquele herói que, na mitologia grega, foi em busca do Carneiro de Ouro. O segundo menino foi correr na pradaria, onde havia muitas flores, das cores mais inimagináveis. Ele apanhou algumas e as apertou com bastante força, até que um pouco do suco espirrou em seus olhos e outra parte molhou o anel que ele estava usando. O anel saiu do dedo e começou a pular e dançar na cabeça e nas mãos do menino, e, mesmo depois de passados muitos anos, as pessoas na cidade grande ainda falavam sobre o famoso pintor que ele havia se tornado. O terceiro menino segurou o anel entre os dentes, com muito cuidado para não engolir. Ele mordeu com tamanha força que o anel produziu um som: ecos de uma música saída do interior do coração. Pensamentos e sentimentos se elevaram, primeiro, em sons belíssimos para depois mergulharem em tonalidades profundas como o oceano. A melodia parecia o canto dos cisnes, e o menino se transformou em um compositor genial, um mestre, de quem todos os países têm o direito de dizer: "Ele era meu também, pois era do mundo todo".

Após uma pequena pausa, o Sol retomou:

– Quanto ao quarto filho... Bem, ele era o "patinho feio" da família. Diziam que trazia na língua desequilíbrio e inquietação, e que para ser curado precisava receber pimenta e manteiga, como um frango doente, e era isso que lhe davam; às vezes, diziam também "pimenta e surras". Ah, e como apanhava. Mas de mim ele recebeu beijos quentes e iluminados – disse o Sol. – Recebeu dez beijos para cada golpe. Era um poeta; ao longo da vida recebeu sovas e beijos, mas possuía algo que ninguém podia tirar dele: o anel da sorte do cisne dourado. Os pensamentos dele ganhavam asas e voavam alto como borboletas cantantes, que são o símbolo da vida eterna.

– Esta foi uma história horrivelmente comprida – disse o Vento.

– E também tola e cansativa – completou a Chuva. – Sopre em mim, por favor, para ver se eu me reanimo um pouco.

Enquanto o Vento soprava, o Sol disse:

– O cisne da sorte sobrevoou uma adorável baía, onde pescadores haviam lançado suas redes. O mais pobre entre eles queria se casar; e se casou, de fato. Para ele, o cisne levou um pedaço de âmbar. O âmbar atrai coisas em sua direção, e aquele pedaço atraiu ânimo e coragem para a casa onde ele morava com a noiva. Âmbar é o melhor dos incensos; dele sai um perfume delicado, como se fosse de um lugar sagrado, um doce sopro da bela natureza, como Deus a fez. O pescador e a esposa foram muito felizes em seu lar repleto de paz, eram contentes e gratos mesmo na pobreza. E assim a história deles se tornou uma verdadeira História do Sol.

– Acho melhor pararmos agora – o Vento falou. – Estou muito entediado. O Sol já falou o suficiente!

– Eu concordo – a Chuva disse.

E o que dizem os demais que ouviram a história?

Dizemos: Agora a história acabou!

O DUENDE E O COMERCIANTE

Era uma vez um estudante que vivia em um sótão e não possuía nada. Era uma vez também um comerciante que era o dono do imóvel e morava nos fundos da loja. Um duende vivia com o comerciante, porque no Natal sempre ganhava um prato cheio de geleia com um grande pedaço de manteiga no meio. A situação financeira do comerciante permitia que ele oferecesse esse tipo de agrado ao duende, e assim o duende seguia morando com ele, pois era muito astuto.

Certa tarde, o estudante entrou na loja pela porta dos fundos, para comprar velas e queijo; ele não tinha a quem pedir que fosse em seu lugar, e por isso foi pessoalmente. Recebeu o que pediu e o comerciante e a esposa acenaram para ele em despedida. A esposa do comerciante podia ter feito mais do que um simples aceno de cabeça, pois em geral falava bastante. O estudante acenou em resposta, já se virando para sair, quando subitamente parou e começou a ler o papel no qual o queijo havia sido embrulhado. Era uma página arrancada de um velho livro; um livro que jamais deveria ter sido rasgado, pois era de poesia.

– Ali no canto tem mais desse tipo de papel – o comerciante falou. – Comprei de uma senhora por um punhado de grãos de café; se você quiser, vendo por umas poucas moedas.

– Quero sim – o estudante respondeu. – Quero o livro em lugar do queijo, pois posso muito bem comer o pão com manteiga sem queijo.

Seria um pecado rasgar um livro desses. Você é um homem inteligente e prático, mas de poesia não entende mais do que aquele barril ali.

Foram palavras rudes, em especial para o barril, mas tanto o comerciante quanto o estudante deram risada, pois foram ditas de brincadeira. O duende, porém, ficou muito zangado por alguém se atrever a dizer uma coisa daquelas ao comerciante, que era o dono do imóvel e vendia uma manteiga excelente. Assim que anoiteceu e a loja fechou, e todos, exceto o estudante, já estavam dormindo, o duende entrou cautelosamente no quarto onde estava dormindo a esposa do comerciante, e arrancou a língua dela, que naquele momento ela não estava usando, é claro. Qualquer objeto do quarto onde o duende pousasse a língua adquiria, na mesma hora, a capacidade de falar: ganhava voz e podia expressar seus pensamentos e sentimentos com a mesma facilidade que a senhora tinha. Isso só podia ser feito com um objeto a cada vez, o que era ótimo, pois teria havido uma grande confusão se muitos falassem ao mesmo tempo. O duende pousou a língua em cima do barril, sobre o qual havia um monte de jornal velho, e perguntou:

– É verdade que você não sabe o que é poesia?

– Claro que sei – respondeu o barril – Poesia é algo que aparece no canto da página do jornal e, às vezes, é recortada. Eu me arrisco a afirmar que tenho mais poesia em mim do que o estudante tem em si, mesmo sendo apenas um pobre tonel velho de um comerciante.

Em seguida, o duende colocou a língua no moedor de café, e como ele falou! Depois no pote de manteiga e de lá para a caixa registradora, e todos expressaram a mesma opinião: a maioria deve ser respeitada.

– Vou lá contar ao estudante – anunciou o duende.

E com essas palavras ele silenciosamente subiu as escadas até o sótão onde o estudante morava. A vela do rapaz ainda estava acesa, e ao espiar pelo buraco da fechadura o duende viu que o rapaz estava lendo o livro rasgado que tinha comprado na loja mais cedo. Mas a claridade que havia no quarto! Do livro partia um raio de luz que se transformava em um tronco de árvore grosso e forte. Os galhos se espalhavam para o alto e se estendiam sobre a cabeça do estudante. Cada folha era fresca e cada flor parecia uma linda cabeça feminina, algumas com olhos escuros e

CONTOS DE FADAS DE ANDERSEN

brilhantes e outras com olhos maravilhosamente azuis e claros. Os frutos cintilavam como estrelas e o quarto estava preenchido pelos sons de uma linda música. O pequeno duende nunca tinha imaginado, menos ainda visto ou escutado, nada tão glorioso quanto aquela cena. Ele permaneceu imóvel, na ponta dos pés, espiando, até que a vela se apagou. Sem dúvida, o rapaz tinha soprado a chama e ido se deitar, mas o duende lá ficou, ouvindo a música que ainda tocava, suave e linda, como uma canção de ninar para o estudante, que tinha ido dormir.

– Este lugar é maravilhoso, eu nunca teria esperado uma coisa assim. Bem que eu gostaria de morar aqui com o estudante – e dizendo isso o duende se pôs a pensar, mas afinal deu um suspiro e murmurou: – É, mas ele não tem geleia!

Então, desceu de volta para a loja e chegou em boa hora, pois o barril tinha gasto a língua da senhora quase até o fim, de tanto que falou. Havia descrito tudo que tinha em seu interior e estava buscando novos assuntos quando o duende entrou, resgatou a língua e a devolveu à mulher. Daquele dia em diante, a loja inteira, desde a caixa registradora até as achas de lenha, formavam suas opiniões com base na do barril. Todos tinham desenvolvido tamanha confiança nele e lhe devotavam tamanho respeito que, ao entardecer, quando o comerciante lia as críticas de arte e teatro, achavam que tudo vinha do barril.

Depois de tudo o que tinha visto, o duende não conseguia mais ficar sentado na parte de baixo da casa, ouvindo em silêncio a conversa do casal. Assim que a luz se acendia no sótão, ele se enchia de coragem, pois lhe parecia que os raios de luz eram cabos fortíssimos que o puxavam e o obrigavam a ir espiar pelo buraco da fechadura. Enquanto ficava espreitando, era invadido por um esmagador sentimento de grandeza, como o que experimentamos junto ao mar quando começa uma tempestade; os olhos do duende ficavam marejados. Nem ele entendia por que chorava, apenas sentia um estranho prazer misturado às lágrimas.

– Ah, como seria maravilhoso sentar ao lado do estudante debaixo de uma árvore dessas!

Mas aquilo estava fora de questão; ele precisava se contentar com o que via pelo buraco da fechadura, e ainda ser grato por isso. Lá ele ficava, no andar gelado onde o vento de outono soprava com força pelas frestas. A temperatura era baixa, mas a pequena criatura não sentia de verdade o frio até que a luz no sótão se apagava e a melodia baixava até sumir. Daí, como ele tremia! Batendo os dentes, o duende descia as escadas e ia para seu canto aquecido, onde se sentia em casa e totalmente confortável. E quando mais uma vez chegou o Natal, e com ele o prato de geleia com o pedaço de manteiga, ele de novo amou o comerciante mais do que qualquer outro.

Pouco depois, o duende foi acordado no meio da noite por uma barulheira horrível, batidas nas janelas e nas portas, e pelo som da corneta do guarda. Um grande incêndio tinha começado, e a rua inteira parecia tomada pelas chamas. Seria na casa deles ou em algum vizinho? Ninguém sabia dizer, pois o medo havia tomado conta de todo mundo. A esposa do comerciante ficou tão assustada que tirou das orelhas os brincos de ouro e guardou no bolso, para ter ao menos aquilo salvo das labaredas. O comerciante correu para salvar seus documentos, e a empregada escolheu salvar um manto de seda preto que com muito esforço tinha comprado. Cada um desejava salvar o melhor do que possuía. O duende tinha esse mesmo desejo, e em três passos rápidos chegou lá em cima ao quarto do estudante, que estava calmamente postado em frente à janela aberta, observando o fogo, que afinal era na casa do vizinho da frente.

O duende pegou o livro, que estava em cima da mesa, enfiou em seu capuz vermelho e o agarrou bem firme, com as duas mãos. O maior tesouro da casa estava a salvo. Em seguida ele correu para o telhado e sentou encostado à chaminé. As chamas da casa em frente o iluminaram, enquanto ele continuava segurando com as duas mãos o capuz contendo o livro. Foi aí que ele entendeu quais eram seus sentimentos mais fortes e soube para que lado, comerciante ou estudante, deveria se inclinar. Apesar disso, quando o fogo foi apagado e ele começou a refletir, sentiu uma hesitação, e por fim declarou:

– Eu preciso me dividir entre os dois; mesmo amando o livro eu não posso abrir mão do comerciante, por causa da geleia.

Esta história é uma representação da natureza humana. Somos parecidos com o duende: vamos visitar o comerciante "por causa da geleia".